푸르디푸른

김연경 장편소설

푸르디푸른

차
례

프롤로그
소멸과 불멸에 관하여

노작가가 오랜만에 자신의 지하 골방에서 나왔다. 그는 한동안 정신을 차릴 수 없었다. 아니, 나는 분명히 죽었는데 어떻게 '뜰 수 있는 눈'이 있지? 그는 과연 존재할까 싶은 손을 들어보았다. 손은 존재했다. 마찬가지로 몸뚱어리도 존재했다. 그러니까 살아생전 그의 믿음대로 완전한 소멸이란 없는 것이었다. 거봐, 죽고 나면 부활한다니까, 헤헤. 그는 히죽거렸다. 아무래도 매장을 한 건 잘한 일이야. 시신을 태워버렸으면 부활도 하지 못하고 큰일 날 뻔했잖아.

노작가는 몸을 일으키려고 했다. 어, 왜 이러지? 몸이 천근만근이야. 다시 힘을 주었다. 오랫동안 안간힘을 쓴 결과 간신히 일어서긴 했다. 하지만 걸음을 떼기는커녕 몸을 지탱하기

도 힘들었다. 그는 판판한 묘석 위에 드러눕듯 걸터앉았다. 아
니, 부활한다 함은 가장 아름답고 건강했던 시절의 몸을 다시
얻는 것이 아니었던가? 노작가는 의아스러워하며 자신의 몸
을 여기저기 살펴보고 묘석에 비친 모습을 관찰했다.

얼굴은 주름투성이고 수염과 머리카락은 허옇게 셌다. 죽
기 직전의 모습 그대로였다. 어쩌면 이게 더 자연스러운 것
같기도 했다. 그러고 보니 입술 주변에 뇌전증 발작을 할 때
마다 물었던 게거품이 차곡차곡 쌓여 있었다. 죽기 직전에 토
해낸 피도 군데군데 묻어 있었다. 노작가는 어이가 없었다.
이건 좀 너무하는군. 하지만 투덜거리고 있을 여유도 없었다.
어서 빨리 저녁 모임에 갈 채비를 해야 했다. 갑자기 요의가
느껴졌다. 주위를 둘러보았다. 아무도 없었다. 노작가는 자신
의 동상을 둘러싸고 있는 쇠창살을 붙잡고서 일을 봤다. 백
년이 한참 넘도록 방광에 고여 있던 샛노란 물이 끊임없이 쏟
아져 나왔다.

자리에 다시 앉았을 때는 허기가 찾아왔다. 역시 육체를 갖
는다는 것은 불편한 일이야. 만족시켜줘야 하는 욕망이 한
두 개라야 말이지, 젠장. 혀를 끌끌 차면서 노작가는 자기 무
덤 주위를 둘러보았다. 여름이라 관목들은 무성한 잎사귀 사
위로 꽃을 활짝 피워놓았다. 다양한 연령과 성별의 시신을 먹
고 자라는 덕분에 꽃향기도 지독하게 진했다. 노작가는 갑자
기 성이 버럭 났다. 자기 무덤 위에는 시들어 빠진 꽃다발만

두어 개 얹혀 있는데, 저쪽 무슨 음악가, 무슨 발레리나, 무슨 정치가의 무덤 위에는 싱싱한 음식과 고급스러운 보드카가 놓여 있는 것이 아닌가! 노작가는 이미 죽었음에도 제 성질을 이기지 못하고 질투심에 이를 갈았다. 배 속에서는 오래간만에 소생한 위액들이 밥을 달라고 아우성을 쳤다.

노작가는 고픈 배를 한 손으로 부여잡고 거의 기다시피 진수성찬 무덤 쪽으로 다가갔다. 가까이서 보니 빵은 이미 말랐고 철갑상어 알과 훈제연어, 소시지, 햄, 치즈에서는 수상쩍은 냄새가 났다. 이거 먹고 배탈이라도 나면 어쩌지? 단백질은 상하면 진짜 위험한데. 설마 죽는 건 아닐까? 아뿔싸, 나는 이미 죽은 몸, 더 이상 무엇을 두려워하랴. 노작가는 자신의 소심함을 탓하고는 하이에나 같은 추잡스러움과 게걸스러움을 뽐내며 남의 무덤 위에 차려진 음식들을 먹어치웠다. 김빠진 보드카도 워낙 오래간만이라 그 맛이 기가 막혔다. 굵고 깊은 트림이 올라왔다. 이 길고 둔중한 울림 속에 세계 전체의 비밀이 담겨 있는 것 같았다. 역시 진리는 술 속에 있는 거야.

노작가는 터벅터벅 걸음을 옮겼다. 등뼈는 활시위처럼 구부러지고 팔다리 관절은 삐걱거리고 축 처진 살들이 흐느적거렸다.

2001년, 페테르부르크

6월 말 저녁 여섯시경, 페테르부르크의 '바실리옙스키 섬'. 한 청년이 뜨거운 태양이 내리쬐는 가운데 핀란드만의 해안도로를 걷고 있었다. 원래도 하릴없이 산책을 즐겼지만 오늘은 석 달이나 밀린 방값을 내러 가는 길이었다. 사오십 분 정도만 가면 주인 노파의 집이었다.

*

노파의 아파트에 세 든 지 반년쯤 된 겨울날이었다. 페테르부르크에 도착한 첫날처럼 온 세상이 눈인데도 뭐가 그리 서러운지 또 눈이 쏟아지고 있었다. 거센 북국의 바람까지 합세

하여 얼음 섞인 눈송이들이 얼굴을 매몰차게 때렸다. 반면 건물 안은 후텁지근할 정도로 따뜻했다. 목도리를 풀고 모자를 벗고 장갑을 벗은 뒤 잠깐 고민했다. 지린내와 구린내와 담배 냄새와 쓰레기 썩는 악취와 낡은 나무판자 냄새가 진동하는 엘리베이터가 싫어, 걸어서 올라갔다. 노파의 아파트 앞에 다다랐을 때는 코트마저 벗은 상태였다.

초인종을 눌렀다. 여느 때와 똑같은 시간 간격 뒤에 두툼한 철문이 열렸다. 여느 때와 다름없이 파란 손뜨개 원피스를 입은 조막만 한 노파가 고개를 내밀었다. 그는 바지 뒷주머니에서 지갑을 꺼내려고 버둥대다가 손에 들린 코트와 목도리, 장갑을 떨어뜨리고 말았다. 그걸 주워 올려야 할지, 아니면 돈을 먼저 꺼내야 할지 결정하지 못해 어정쩡하게 어물대고만 있었다. 노파는 문과 벽 틈새에 세워진, 체온이 채 가시지 않은 시체처럼 가만히 서 있었다. 그는 몸을 반쯤 구부려 코트를 집어 올리면서 동시에 한 손을 바지 뒷주머니에다 쑤셔 넣었다. 그때 노파가 무덤 같은 고요를 깨고 조용히 손짓했다. 날카롭고도 나지막한 목소리가 둔탁한 울림을 냈다.

"차 한 잔 마시려나?"

이 말이 너무 다정스러워 청우는 깜짝 놀랐다.

밖에서 볼 때는 은근히 신비스럽던 아파트가 막상 들어가 보니 검소하다 못해 누추했다. 방은 러시아 개념으로 두 칸, 즉 거실과 침대가 다였다. 거실에는 그랜드피아노 한 대만 덩

그러니 놓여 있었다. 도자기나 마트료시카 같은 장식물은커녕 가구조차 거의 없어 휑뎅그렁 그 자체였다. 피아노 위에는 빛이 바랜 싯누런 악보 하나가 펼쳐져 있었다. 작은 책장에는 적어도 반세기 전에 출판되었을 법한 고전문학 몇 권과 악보 묶음들이 꽂혀 있었다. 탁자에는 격자무늬 공책 한 권, 잉크 액이 마구잡이로 흘러나오는 볼펜, 낡은 연필 하나 등이 꽂힌 연유 깡통이 있었다. 소파에는 뜨개질감과 실타래, 대바늘이 보였다.

이 낡은 아파트의 진짜 주인은 샴 고양이 두 마리 같았다. 둘 다 몸은 완전히 하얗고 코끝은 검은 물감을 찍어놓은 듯 새까맣고 발끝에는 검은 털장갑을 끼워 놓은 것 같은 무늬가 있었다. 꼬리 끝도 새까맸다. 각자 스툴과 소파에 앉아 있는 자태도 우아했지만, 연회색이 감도는 푸른 홍채, 그 안에서 짙은 보랏빛으로 반짝이는 동공이 대단히 매혹적이었다. 두 고양이는 서로를 무시했고 또 제각기 노파를 무시했으며 노파는 노파대로 그들을 무시하는 것이 분명했다. 노파가 조용히 발을 내디딜 때마다 양탄자의 티끌이 날리는 소리마저 들릴 만큼 적막한 푸른빛 고요가 흘렀다. 이미 오래전에 고인이 된 아버지와 그의 본부인, 청우의 생모를 둘러싼 과거를 소환하는 소름 끼치는 적막의 향연이었다. 갑자기 이런 정황을 파괴하고 싶은 욕망이 꿈틀거렸다. 이른바 '기획'이 희뿌연 무정형의 형태로 생겨나는 순간이었다.

"이리로 오게나."

선 채로 방 안을 둘러보고 있던 그는 부엌 겸 응접실로 안내되었다.

옹색하지만 깨끗한 공간이었다. 탁자에는 진흙을 구워 만든 듯한 투박한 찻주전자, 같은 무늬의 찻잔 두 개가 놓여 있었다. 비슷한 질감의 접시에는 흑빵이, 다른 접시에는 구멍 뚫린 치즈 조각과 연분홍색 햄 조각이 담겨 있었다. 버터와 잼도 있었다.

청우는 뜨거운 차를 조심스럽게 한 모금 마셨다. 찻잔에서 시선을 떼고 앞을 보았을 때 노파는 이미 뭔가를 시작한 상태였다. 노파의 조그맣고 여윈 몸뚱어리가 달싹거리고 어깨가 무슨 리듬에 장단을 맞추듯 규칙적으로 조용히 들썩거렸다. 그제야 노파의 바로 옆 의자에 있던 물건이 무엇인지 알 수 있었다. 뜨개질감이었다. 그러니까 거실, 부엌, 침실, 아마 화장실까지 어디에나 있는 모양이었다.

노파는 시선을 방바닥 어딘가에 던져둔 채 줄기차게 뜨개질을 했다. 어쩌다 실이 엉켰거나 콧수나 단수를 확인해야 할 경우를 제외하면 시선을 움직이는 일도, 뜨개질을 멈추는 일도 없었다. 도대체 차는 언제 마시나 싶었다.

"차가 아주 맛있는걸요."

멋쩍어진 그가 이렇게 말을 꺼냈다. 묵묵부답이었다. 노파는 그저 끊임없이 뜨개바늘을 놀리며 무관심한 시선으로 그가 아닌 뭔가를 바라보고 있었다. 그사이 청우는 설탕이 잘 녹아든, 싱싱한 레몬 조각까지 동동 떠 있는 홍차 한 잔을 다 비우고 노파가 두번째로 따라준 차까지 다 마셨다. 이 기괴한 진공으로 고양이 한 마리가 소리 소문도 없이 들어왔다. 드디어 화젯거리가 생겨서 기뻤다.

"고양이가 주인을 잘 따릅니까, 카테리나 이바노브나?"

"얘들에게는 주인 의식이 없어."

"주인 의식이 없다니요?"

"주인에 대한 의식이 없다는 얘기지."

"자기 삶의 주인이라는 주인 의식만 있을 뿐, 주인을 섬기지는 않는다는 뜻인가요?"

말이 끝나자마자 민망해졌다. 자기가 생각해도 영 볼썽사나운 문장이었기 때문이다. 하지만 노파는 이러나저러나 무관심했다. 그렇다고 해서 이 무관심이 상대방에 대한 경멸을 의미하는 것은 결코 아니었다. 오히려 특정 감정의 완벽한 부재에 가까웠다. 청우는 시나브로 자기 몸에서 수분과 기운이 빠져나가는 걸 느꼈다.

"자, 그만 가볼 때가 되지 않았나? 나는 이놈을 다시 풀어야겠네."

노파가 자리에서 일어났다. 청우는 그사이 빠져나간 수분과 기운이 다시 몸 안으로 들어오고 세포 하나하나가 원래의 기운을 회복하는 듯했다.

"예? 그렇게 애써 뜬 것을 푸신다고요?"

"그렇지, 다시 풀어야지."

호기심이 동한 그를 노파는 벌써 현관 쪽으로 떠밀고 있었다. '망할 놈의 할망구, 자기가 무슨 페넬로페인가?' 속으로 이렇게 빈정댔지만 노파가 그의 어깨를 툭 치는 바람에 정신이 번쩍 들었다.

"그냥 갈 텐가?"

노파는 고개를 위로 쳐든 채 그를 올려다보았다. 그제야 그는 아까처럼 손에 들린 코트에서 힘겹게 지갑을 꺼낸 다음 역시나 엉거주춤 백 달러짜리 지폐 한 장을 노파에게 건넸다. 노파는 마른 나뭇가지처럼 앙상한 손가락, 정확히 엄지와 검지로 그걸 받아 쥔 다음 몸을 뒤로 돌리고 햇볕에 지폐를 비추며 은은한 시선으로 살펴보았다. 일종의 제례의식 같았다. 대낮의 햇볕 못지않게 찬연한 페테르부르크의 붉은 겨울 석양빛, 꾸부정한 등을 보인 노파의 조막만 한 뒤태, 쪽머리 느낌의 숱이 적은 은발 뭉치, 노파만의 위조지폐 감별 작업…… 마침내 노파가 고갯짓했고 그도 발걸음을 뗐다.

*

이후에도 노파와 청우의 만남은 주로 아파트 문 앞에서 이루어졌다. 청우가 문지방 언저리에 선 채 호주머니에서 백 달러짜리 지폐를 내밀면, 노파는 뒤태를 보이며 자기만의 의식을 치렀다. 동그랗게 말아 아무런 장식도 없는 검은 핀으로 고정한 노파의 은발 뭉치가 색소 빠진 염소 똥 덩어리를 연상시켰다. 볼일이 끝나면 다시 몸을 돌려 고개를 까딱했다. 다 됐으니 그만 가도 된다는 뜻이었다. 그런데 지난번 방문 때 노파가 웬일로 돌아서는 그를 다시 불러 세웠다. 청우는 지난 겨울날 노파의 아파트에서 처음이자 마지막으로 마신 따뜻한 홍차를 기대했다.

"청우!"

비음을 발음하기 힘들어하는 러시아인 특유의 억양에 쏙 빠진 두 앞니 자리를 치고 가는 바람까지 섞여 꼭 "처누"처럼 들렸다. 노파 뒤로 현관의 어스름을 가르며 햇볕 한 줄기가 비스듬히 비쳤다.

"카테리나 이바노브나, 무슨 하실 말씀이라도?"

이 말에 노파는 잠깐 멈칫했다. 이제야 막 정신이 돌아온 듯한 표정이었다.

"이번에도 방값을 제때 가져와주어서 고맙네."

노파는 그의 기대와는 달리 싱거운 인사말을 건넨 다음 예의 그 고갯짓을 했다.

그는 묵은 변을 제거할 야망을 품고 화장실에 들어갔다가 아무런 소득 없이 나온 사람처럼 허탈하고 찜찜한 심정으로 굳게 닫힌 아파트 문을 쳐다보았다. 두어 걸음을 떼자 문 너머에서 귀에 익은 멜로디가 울려 퍼졌다. 차이콥스키의 피아노 협주곡 1번 1악장이었다. 관현악의 웅장함이 느껴지는 도입부가 용케 재현되었다. 빈한하고 옹색한 노파의 몸 어디에서 저렇게 건반을 두드릴 힘이 나오는 걸까. 장중한 소리는 곧 경쾌하고 발랄한 소리로 바뀌었다. 어릴 때 피아노 학원에서 치던 소나티네 중 하나였다. 검버섯이 가득 핀 노파의 손가락에서 물 찬 제비 같은 영롱한 멜로디가 만들어지다니, 왠지 괴기스러웠다.

갑자기 엘리베이터가 열렸고 젊은 러시아 여자가 내렸다. 금발에 갈색을 섞고 명도는 높이고 채도는 낮춘 듯한 황갈색 머리에 회색빛이 감도는 푸른색 눈이 도드라졌다. 러시아 여자치고도 키가 무척 큰 편이었다. 노파의 아파트로 성큼성큼 걸어갔고 초인종을 누르자마자 노파가 나왔다. 청우는 그동안 문 앞에 서 있었던 걸 들킬까 봐 엘리베이터를 타는 대신 냉큼 비상문을 열고 계단으로 들어섰다. 음악원 교수였던 노파는 연금 생활자가 된 지 오래였지만 간혹 개인 교습을 해준다는 얘기가 상기되었다.

5월 말, 사실상 여름 방학이 시작되자 '기획'이 제대로 무르익었다. 청우의 뇌수 한 귀퉁이에서 '회의'라는 고상한 벌레가 자라났다. 그놈의 성장을 부추긴 것은 '권태'였지만 곧 좀 더 악랄한 '나태'라는 벌레에 잡아먹혔다. 6월이 되자 거의 하루 종일 아무 일도 하지 않고 방 안에서 뒹굴었다. 두 달치 방값을 마련하지 못하자 마음이 약간은 조급해졌다. 마지막 남은 루블 지폐 몇 장을 만지작거리며 일견 심각한 고민을 하는 체했다. 물론 이럴 때를 위해 어머니와 누나가 있었다. 하지만 떠나기 전 그가 맡겨놓은, 그의 손으로 번 돈은 유학 생활 일 년 만에 바닥났고 이후에도 목돈을 부탁한 적이 있었다. 나잇살이나 처먹고 더는 구걸하기 싫었다. 그럴수록 "그래, 이 형편없는 자식, 어디까지 가나 한번 보자"라며 스스로 냉소적인 으름장을 놓았다. 그리고 대책 없이 많이 잤고, 대책 없이 많은 담배를 피웠다. "어디까지 가는지"에 대한 악의 가득 찬 도전 욕구도 커졌다.

화살은 애꿎은 노파에게로 쏘아졌다. 하지만 노파가 어딜 봐서 무위와 착취로 비난하기에 알맞은 표적인가. 무엇보다도 그에게 아무런 해코지도 하지 않지 않았잖은가. 만약, 노파가 당장 방을 빼라는 으름장이라도 놓았다면 "에라이, 이 말라비틀어진 마녀 같은 할망구! 돈 좀 있다고 유세냐!" 이런 식의 범속한 소극을 연출하고 극렬한 카타르시스를 맛본 다음 일감을 구하러 가든지, 더 황홀하게는 짐을 싸서 한국으로 돌아갔을 것이다. 하지만 그의 노파는 전화 한 통 하지 않았다. 끝까지 침묵과 고요로 일관했다. 처음엔 그가 먼저 전화를 해서 사정을 좀 봐달라고 얘기할까 생각도 해봤다. 하지만 차일피일 미루다가 그만 적절한 시기를 놓쳐버렸다. 시간이 지날수록 "내가 죽어도 전화를 하나 봐라!"라는 적반하장의 지경에 이르렀다. 가장 안타까운 점은 자신의 이 희뿌연 기획을 지탱해줄 그럴싸한 이데올로기적 명분이나 형이상학적인 근거를 마련할 수 없다는 사실이었다.

6월 초, 이런 상황에서 일거리 하나가 떨어졌다. 여행사에서 전화가 왔을 때 그는 바로 수락했다. 그것도 오랜 가뭄 끝에 단비를 만난 벼처럼 얼씨구나 신이 났다. 전화를 끊고 난 뒤에는 갑자기 또 열을 받았다. 어쨌든 이것은 자신의 원칙에 어긋나지 않는가. "어디까지"의 종착점이 결국은 '일'이, 그것도 무슨 거사도 아니고 고작해야 관광 가이드 일이 되고 말았다. 석 달간 얼굴 한번 보지 못한 노파에 대한 증오가 더 거세졌다. 이 주 동안 너무도 즐겁게 페테르부르크 시내와 근교 관광도 다니고 돈도 벌었으나, 그 때문에 가뜩이나 진도가 잘 나가지 않던 '본업'이 제자리에 머물게 되었다. 그는 잠자리에 들기 전 하룻밤에도 몇 번씩 노파의 이름을 되뇌며 이를 갈았다.

이것이 빳빳한 백 달러짜리 지폐 석 장을 챙겨 들고 해안도로를 걷는 그의 심리 상태였다. 실은 얼마 전부터 노파가 심각하게 아프다는 얘기도 들었다. 자괴감에서 비롯된 젊은이다운 위악과 냉소를 뚫고 연로하신 할머니를 '노파'로 불러온 것에 대한 죄송함이 생겨났다. 연민까지 조금씩 고개를 들이밀었다. 노파가 병원비를 마련하기 위해 그를 닦달했다면 일그러진 자존심이 졸지에 노파를 향한 거국적인 인류애로 바뀌었으리라. 노파의 집이 가까워질수록 혼란스러워졌다.

*

마침내 청우는 노파의 아파트 앞에 다다랐다. 발걸음 소리가 유난히 크게 울리는 나선형의 돌계단을 올라갈 때는 노파를 보고 싶은 마음이 생겼다. 노파가 때마침 연주하고 있던 베토벤의 피아노 소나타도 아름답게만 들렸다. 그는 오랫동안 음악을 감상하다가 이윽고 초인종을 눌렀다. 피아노 소리가 중단되고 문이 열렸다. 노파가 얼굴을 내밀었다. 실로, 실망에 절망이었다. 아무래도 죽음의 냄새가 푹푹 풍기는 산송장을 기대한 모양이었다. 하지만 정작 노파는 약간 초췌하고 해쓱해진 안색 탓에 눈이 더욱더 투명하고 푸르러졌을 뿐이었다. 주름살 덮인 얼굴에 맞지 않게 초롱초롱 해맑은 눈망울을 보는 순간, 숫제 김이 빠졌다. 아니, 다 죽어간다더니! 지금까지 상당히 고양되었던 측은지심이 졸지에 사라졌다.

"잠깐 들어오게나."

그는 다소 놀랐지만, 아파트의 거실 소파에 앉았다.

스산하고 삭막한 기운이 가득한 가운데, 안쪽 벽에 걸린 노파의 젊은 시절을 담아낸 초상화가 한없이 낯설어 보였다. 한창때의 노파는 러시아 여자치고도 꽤 예쁜 편이었다. 그런데 당차고 야무진 얼굴에서는 경쾌함이나 발랄함이 아니라 지나치게 민감한 자의식과 상처받은 자존심이 전해졌다.

고양이 한 마리는 소파 옆 양탄자 위에서 초저녁잠을 즐기고 있었다. 다른 한 마리는 보이지 않았다. 노파는 창문 앞에 서서 지폐를 들어 올렸다. 일곱시가 다 됐는데도 전혀 기울 생각을 하지 않는 페테르부르크의 태양이 옅은 초록색 종잇장에 눈부신 빛을 투과시키고 있었다. 꼼꼼하고 정교한 지폐 검사가 끝나자, 노파는 등받이가 긴 나지막한 안락의자에 앉았다. 빠끔히 열린 방문이 산들바람에 일렁이는 듯싶더니 뭔가가 조용히 움직였다. 그와 노파 사이로 고양이가 사뿐사뿐 지나갔다. 지금까지 보이지 않던 또 다른 고양이였다. 꼭 검은 고양이가 그와 노파의 사이를 지나간 것처럼 불길한 예감이 들었다.

"카테리나 이바노브나, 방값이 늦어져서 죄송합니다."

하지만 노파는 자기 손에 석 달 치 방값을 한꺼번에 들고 있으면서도 전혀 관심이 없는 듯했다. 그의 말을 깡그리 무시했을뿐더러, 언제부터인지 태연스럽게 뜨개질을 하고 있었다. 지난 석 달간 가위눌림처럼 그를 괴롭혀온 노파에 대한 증오가 일순간에 되살아났다.

그사이 잠에서 깬 소파 옆 고양이와 하릴없이 책상을 한 바퀴 돈 또 다른 고양이가 약속이라도 한 듯 노파 곁에 나란히 웅크리고 앉아 있었다. 이 생명체들 셋은 각기 다른 곳을 바라보고 있었다. 노파는 고요하고 규칙적으로 손끝과 어깨를 꿈틀거리며 자기 앞의 대상, 즉 그가 아니라 그의 머리 뒤의 벽지 그림이나 그의 정수리 위로 솟아올랐을 수도 있는 머리카락 같은 것을 응시하고 있었다. 고양이 두 마리는 서로 등을 돌린 채 한 마리는 창문 바깥을, 가령 큼직한 자작나무의 꼭대기 어느 한 지점을, 다른 한 마리는 양탄자 위의 먼지 티끌이나 행여나 떨어졌을 수 있는 노파의 체모 따위를 응시하고 있었다. 각기 다른 방향으로 분산된 푸른 눈들의 향연은 너무도 소름 끼쳤기에 악마들의 퇴폐적인 축제 같았다. 동시에 너무도 평온했기에 순교자들의 숙연한 제의 같기도 했다.

"앞으로 일 년은 더 있을 테지?"

"예. 더 길어질지도 모르겠습니다만."

"내가 죽어도 계속 거기 살아도 된다네."

청우는 노파의 저 고요보다 뜨개질이 미워서 견딜 수가 없었다. '저놈의 노파는 제 손으로 어깨 한번 주무르는 일도 없나?' 느닷없이 든 생각이 그를 굉장히 기쁘게 만들었다. 노파는 분명히 혼자 침대나 의자에 걸터앉아 "아이고, 아이고"를 연발하며 그야말로 '할망구'처럼 자기 어깨와 팔을 주무를 것이다. 다른 장면도 상상해보았다. 즉, 한밤중에 갑자기 마룻바닥 한가운데에 서서 맨손체조를 하고 까마득한 학창 시절에 배운 발레의 기본 동작을 재현하는 것이다. 수분과 생기라곤 단 한 점도 없는 빈한한 거죽과 칼슘이 숭숭 빠져나간 허약한 뼈다귀를 어기적어기적 움직이면서 말이다. 하지만 노파는 이 황홀한 상상을 그냥 내버려두지 않았다.

"다음 달부터는 방값을 여기, 우리 아들에게 갖다주게."

옹색한 격자무늬 공책에서 찢어낸 종이에는 아들의 이름과 주소, 전화번호가 적혀 있었다. 성스러운 고문서를 장식하는 문양에 버금갈 만큼 아름다운 필체였다. 청우가 그것을 해독하는 동안 노파는 뜨개질감을 들어 전체 모양새를 감상했다. 완성된 모양이었다.

"자, 나는 이제 그만 이놈을 풀어야겠네."

노파가 자리에서 일어나 문을 열어주었다. 뭐라고 웅얼거리는 것 같았지만 알아듣지 못한 채로 쫓기듯 나왔다. 샴 고양이들은 손님이 떠나든 말든 여전히 그 자리에 앉아 있었다.

아파트 문이 닫힌 뒤 습관적으로 호주머니에 손을 집어넣은 뒤에야 그는 정신이 들었다. 노파의 마지막 말은 "이 정도면 장례식 비용으로는 충분하군" 정도로 해석되었다. 노파는 그렇게 뜨개질감을 든 채 시선을 어디다 던져놓거나 피아노 앞에 앉아 몸을 조금 기울이고 팔과 손가락에서 힘을 빼야 할 순간에 소리 소문도 없이 조용히 죽지 않을까. 샴 고양이들조차 알아채지 못할 정도로 평온하게 말이다. 노파의 저 고요를 얼른 파괴하지 않으면 안 되겠다. 하지만 어떻게?

'넵스키 거리'로 나온 청우의 머릿속엔 이 생각뿐이었다. 시곗바늘이 러시아식 표현법으로 여덟번째 시간, 즉 일곱시를 막 지날 무렵이었다.

넵스키 거리, 스침들

노파의 아파트가 있는 '프리모륵스카야 역'에서 넵스키 거리의 중심인 '고스틴니 드보르'까지는 세 정거장밖에 되지 않았다. 넵스키 거리는 저녁임에도 환했다. 아름답고 푸른 하늘 아래, 전철역의 출구 옆에서는 새까맣고 짧은 머리카락, 검은 눈동자에 까무잡잡하고 귀여운 소년이 손풍금을 켜고 있었다. 청우는 넵스키에 나올 때마다 소년에게 동전 몇 닢을 던져주었다. 언젠가 한 번은 소년이 품에 손풍금을 꺼안은 채 가만히 쪼그리고 앉아 있었다. 웬일이냐고 물었더니, 붕대를 감은 손가락을 보여주었다. 그날 소년이 그의 짐작대로 캅카스 출신이며 빈 맥주병을 주워다 파는 할머니와 단둘이 산다는 것을 알게 되었다.

오늘 소년의 연주곡은 귀에 익은 것이었다. 청우는 여느 때와 다름없이 호주머니에서 동전 몇 닢을 손에 잡히는 대로 꺼냈다. 동전이 소년 곁에 놓인 조그만 바구니에 떨어지면서 짤랑 소리를 내자 소년은 역시 여느 때와 다름없이 살짝 고개를 끄덕이며 미소를 보냈다. 물론 그 순간에도 소년은 손풍금에서 손을 떼지 않았다.

"무슨 일 있으셨어요? 한동안 얼굴도 보이지 않고."

소년은 연신 손가락을 움직여가면서 말했다.

"일이 좀 많았거든."

그러고서 소년의 안부를 물으려는 순간, 금발에 갈색이 섞인 듯한 색깔의 머리칼에 키가 상당히 크고 날씬한, 청바지에 티셔츠를 입은 러시아 아가씨가 소년 곁으로 다가와 코페이카 몇 닢을 던져 주었다. 소년은 가볍게 고갯짓을 하며 미소를 지었다. 처녀라고 하기에는 소녀다운 경쾌함과 명랑함이 너무 많이 남아 있고 소녀라고 하기엔 몸매와 몸짓에서 관능적인 느낌이 강한 아가씨였다. 그녀는 어디선가 본 듯한 낯익은 곡선을 그리며 몸을 돌려 제 갈 길을 갔다. 발랄한 걸음걸이 역시도 눈에 익은 것이었지만 어디서 본 사람인지는 기억나지 않았다.

청우는 마땅히 갈 곳도, 또 할 일도 없어 발길이 닿는 대로 무작정 걸었다. 곳곳에서 러시아 아가씨들이 몸매를 가감 없이 노출한 옷을 입고 거리를 활보하고 있었다. 정녕 페테르부르크의 가장 황홀한 명물은 쭉쭉 뻗은 넵스키 대로와 그 못지않은 황금률을 체현하는 러시아 미녀들의 몸의 굴곡이었다. 그는 방향 감각을 잃은 채 그 사이를 배회했다. 조류를 따라 유영하는 플랑크톤처럼 나른하고도 몽롱한 느낌이었다.

물결치는 하얀 굴곡들 사이로 약간 헐렁한 청바지를 입은 직선 두 개를 또다시 본 건 이때였다. 두 직선은 경쾌한 운동을 계속하며 '비스트로'로 들어갔다. 마침 배도 고프고 호주머니에 돈도 두둑이 있었던 차라 그도 의기양양하게 그곳으로 향했다. 청바지를 입은 아가씨는 그에게서 서너번째 앞에 있었다. 줄은 러시아답지 않게 빨리 줄어들었다. 점원들은 느릿하고 무뚝뚝한 러시아적 기질 대신 자본주의화의 한 특징인 '비스트로', 즉 '패스트'를 벌써 익힌 듯 손님을 재촉했다. 청우의 눈앞에는 햄 조각과 치즈가 놓여 있었다. 간만의 외식인데 고기를 빼놓을 수가 없었다. 얼떨결에 으깬 맛살도 넣고 피망과 오이와 토마토도 추가했다. 끝으로 콜라 한 잔까지 주문한 뒤 계산대 앞에 섰다.

그보다 먼저 주문을 마친 아가씨는 이미 포장된 샌드위치 두 개를 들고 출구를 나가는 중이었다. 오늘 넵스키 거리에서만도 벌써 두번째로 마주쳤는데, 기시감의 근거를 찾지 못해 속이 상했다. 하지만 쓰린 속은 푸짐하고 두툼한 샌드위치 덕분에 곧 몰랑몰랑 부드러워졌다. 배가 어느 정도 차자 입 주변에 케첩과 마요네즈를 묻혀가며 게걸스럽게 샌드위치를 먹고 있는 그를 바라보는 또 다른 그가 인지되었다. 동시에, 흑빵 조각 위에 치즈와 살라미를 얹어 아주 조금씩, 딱히 이렇다 할 맛도 느끼지 못한 채 무심하게 베어 먹는 노파가 떠올랐다. 죽음처럼 무뚝뚝한 표정에 딱딱한 몸짓이었다. 그는 고개를 내젓고 남은 샌드위치를 얼른 싹 먹어치우고 콜라를 마저 들이켰다. 여전히 사라지지 않은 노파의 무채색 얼굴에 침을 뱉는 듯한 심정으로 거나한 트림을 한 뒤 다시 밖으로 나왔다.

넵스키의 직선과 매끈한 흰 다리들 사이로 거지와 집시가 보였다. 이 더위에 온몸을 후줄근한 담요나 거적때기로 칭칭 감은 채 땅바닥에 죽치고 앉아 있는 여자와 아이들, 누추한 노파들과 그 못지않게 후줄근한 고양이들, 그리고 이번에도 손풍금을 켜는 소년이나 중년들. 그들은 호객행위도 하지 않고 그냥 그렇게 존재하기만 했다. 아이를 안은 여자들만 가끔 행인들을 향해 하느님을 들먹이며 모기만 한 소리로 도와달라고 말했지만, 그저 해묵은 직업적 관성 탓에 예의상 그러는 것이었다.

그러나 고양이를 파는 노파들은 뻔뻔하기 짝이 없었다. "이 불쌍한 것들을 도와주세요!" 이런 문구가 쓰인 두껍고 싯누런 종이를 걸어놓고서, 자기들에게 뭔가를 주지 않으면 안 된다는 오만방자한 시선으로 행인들을 노려보았다. 군데군데 털 뭉치가 빠져나갔거나 볼썽사납게 엉긴 고양이들의 시선은 주인과 좀 달랐다. 찌그러진 바구니나 질긴 옷감으로 만든 바구니 안에 네다섯 마리가 구겨지듯 들어앉아 있음에도 세계가 어찌 되든 나는 나대로의 삶을 산다는 오만함이 엿보였다. 이 녀석들은 항상 자기 주변의 모든 것은 자기와 아무런 상관이 없다는 식, 때로는 자신조차도 존재하든 말든 상관없다는 식이었다. 그는 진지하게 고양이들을 뜯어보았다. 하지만 고양이들은 물론, 그들의 주인 노파들도 그를 무시했다. 청우는 오기가 생겨서 말까지 걸었다.

"저어기, 이건 품종이 뭡니까?"

"페르시아산이야."

노파가 심드렁하게 대답했다.

"털이 이렇게 싯누런 페르시아산 고양이는 처음 보네요."

그가 비아냥거렸다.

"페르시아산은 전부 흰색인 줄 아나, 젊은이!"

노파는 이렇게 무식한 놈과는 상종할 이유도 없다는 듯 쏘아붙였다.

"다리도 짧고 코도 완전히 눌려서 우스꽝스럽기 짝이 없군요. 그래놓고서 눈은 파랗다니."

이건 이미 혼잣말처럼 내뱉어졌다.

그때 한 동양인 여자가 그 고양이의 가격을 물었다. 키는 그렇게 작지 않은데, 몸이 몹시 얇다는 느낌을 주는 여자였다. 그녀는 자잘한 보라색 꽃무늬가 있는 하얀 원피스를 입었고 사각형으로 깊이 파인 목덜미에는 염색도, 파마도 하지 않은 것 같은 검은 머리 타래가 고무줄로 헐렁하게 묶인 채 흘러내리고 있었다. 페테르부르크의 강렬한 여름 햇볕이 두려운지, 얼굴에는 두꺼운 분칠을 해놓았다. 동양인답지 않게 코가 높고 코끝이 뾰족하고 입술선이 얇고 곧은 것도 눈에 띄었다. 무엇보다도 색이 짙은 선글라스를 끼고 있어, 눈빛을 읽을 수 없었다.

아무래도 그녀는 저 싯누런 페르시아산 고양이를 사고야 말 태세였다. 괜히 머쓱해진 그는 손에 잡히는 대로 동전 하나를 던져놓고 돌아섰다. 습관적으로 발길이 닿은 곳은 화상들이 밀집한 거리였다. 그곳을 스쳐 지나면 건물과 건물 사이에 구름다리처럼 생긴 아치형 통로가 나왔다. 그 뒤로 음반가게와 고서를 파는 책방들이 드문드문 서 있었다. 파장 분위기였다. 마음이 다급해져 아무 고서나 한 권 잽싸게 집어 들었다. 달갑지 않은 애물단지를 들고 모퉁이를 막 돌려는 찰나, 한 여자가 말을 걸어왔다. 혀를 충분히 긴장시키지 못해서 경음과 격음이 제대로 되지 않는, 헐겁게 부유하는 듯한 느낌의 발음이었다. 바로 그 동양인 여자였다.

"저어기 '돔 크니기'가 어디 있죠? 서점 말이에요."

그녀는 싯누런 페르시아산 고양이를 안고 있었다. 그러니까 기어코 놈을 산 것이다. 갑자기 울화가 치밀면서 저도 모르게 퉁명스러운 말이 튀어나왔다.

"어차피 지금쯤은 문 닫았을걸요."

여자는 아마도 같은 동양인이니까 친절하게 대답을 해주리라고 기대했을 텐데, 이토록 불친절하게 나오니 당황한 기색이었다. 그들은 그 상태로 서로를 잠깐 쳐다보다가 곧 제 갈 길로 갔다. 그도 모퉁이를 돌았고, 여자도 아마 그랬을 것이다.

하지만 어처구니없게도 '돔 크니기'는 무슨 변덕인지 아직 열려 있었다. 짜증이 났다. 여느 때와 달리 전철도 연착이었다. 한참을 기다린 뒤에야 그는 전동차 안으로 들어설 수 있었다. 피곤해 죽겠는데 자리도 없었다. 게다가 전동차는 무슨 영문인지 한동안 문을 열어둔 채 떠날 생각을 하지 않았다. 그때 어떤 하얀 형체가, 웬 공작부인이 대기 중인 마차를 향해 걸어오듯, 표표히 걸어오고 있었다. 그 형체가 전철의 문 안으로 들어서자 문은 드디어 자신의 소임을 끝냈다는 듯 닫혔다. 그 동양인 여자였다. 정말로 '돔 크니기'에 들렀다는 것을 과시하듯 두껍고 무거운 화집을 겨드랑이에 끼고 있었다.

전철이 어느 정도 속력을 내자 여자는 선글라스를 벗어 가방에 넣었다. 싯누런 페르시아산 고양이는 화려한 색상의 수건에 감싸진 채 가방 안에 들어가 있었다. 어떤 불안도, 불편함도 내비치지 않고 자기는 동양인 여자의 가방 속이든 노파의 방수포 주머니 속이든 아무 상관 없다는 듯 무색무취의 시선을 객차 안 어디로 던져놓고 있었다. 여자의 시선은 일관되게 맞은편, 즉, 바깥이 깊은 땅속 벽인 까닭에 흑색 거울이 되어버린 객차의 유리창을 응시하고 있었다. 아마 보이는 것은 승객들의 초점 없는 멍한 눈동자와 얼어붙은 표정뿐이리라. 그녀의 두 눈은 뭉크의 분위기를 오슬로에서 페테르부르크로 옮겨놓은 듯한 이 기괴한 벽화 혹은 풍경화의 화룡점정이 되었다.

어째서 사람들은 이곳에 오면 이 죽음과 같은 분위기에 이토록 자연스럽게 녹아드는 것일까. 조만간 너 나 할 것 없이 그의 주인 노파와 같은 소름 끼치는 고요의 화신이 되고야 말 것이다. 그 동양인 여자는 앞자리가 비자 조용히 그쪽으로 가서 앉았다. 숨조차 워낙 조용히 내쉬었기 때문에 도무지 살아 있는 사람 같지 않았다. 그나마 눈이라도 깜박이지 않았다면, 넵스키의 자연사박물관에 전시된 밀랍 인형으로 생각했을 터이다. 이 모든 것이 그의 머릿속에서는 노파와 샴 고양이의 푸른빛 눈으로 바뀌었다.

'바실리오스트롭스카야 역'을 떠난 지하철은 다음 역이 '프리모르스카야 역'임을 알렸다. 얼마 지나지 않아 객차 내부의 어둠침침한 전등이 깜박하더니 잠깐 어두워졌다가 다시 밝아졌다. 그는 내릴 준비를 하며 곁눈질을 했다. 그 동양인 여자는 고양이를 옆으로 살짝 밀치며 가방에서 뭔가를 찾기 시작했다. 안경이었다. 안경을 끼자 그녀의 얼굴이 완전히 망가졌다. 저 정도로 고도 근시라면 그녀의 나안(裸眼)에 초점이 없는 것은 당연한 일이었다.

청우는 객차 밖으로 나왔다. 그 뒤를 따라 동양인 여자도 몸을 움직였다. 그런데 그가 방향을 트는 찰나, 마침 문이 열린 지하철을 놓치지 않기 위해 다급하게 뛰어오던 제법 덩치가 큰 생명체와 탁 부딪치고 말았다. 그 생명체는 서두르는 와중에도 미안하다는 말을 빠뜨리지 않고 아슬아슬하게 객차 안으로 뛰어들어갔다. 곧 문이 닫혔다. 열차는 굉음을 내며 순식간에 어둠 속으로 사라졌다. 그 순간, 그는 이 생명체가 오늘 벌써 세번째, 그것도 전부 다 우연히 마주친 그 러시아 여자라는 걸 깨달았다. 그동안, 동양인 여자는 이미 그에게서 제법 떨어져서 걸어가고 있었다. 셔틀버스 정류장 쪽 출구와 노파의 아파트 쪽 출구의 갈림길에 이르렀을 때 그는 이마를 탁 쳤다.

"맞아, 노파에게 피아노 레슨을 받던 그 여자애였어!"

며칠 묵은 변이 설사를 통해 한꺼번에 몸 밖을 빠져나갔을 때처럼 시원했다. 그 러시아 아가씨는 불과 2, 3분쯤 전에 바로 이 입구로 들어와(이 전철역은 출구와 입구가 같았다) 그가 걸어온 그 통로를 지나갔으며 지금은 그가 타고 온 그 전철 안에 있으리라. 그녀의 날렵하고 활기찬 기운이 옮겨 온 듯 그는 기분이 좋아졌다.

바깥 날씨는 지하철을 타기 전과 달리 제법 흐렸다. 이미 해는 기울고 바람은 쌀쌀했다. 셔틀버스 정류장, 늘어선 줄 앞쪽으로 보랏빛 꽃무늬 하얀 원피스 자락이 보였다. 셔틀버스 안에서도 그는 그 동양인 아가씨와 함께 있지 않으면 안 됐다. '프리발티스카야 호텔'을 지나자 심지어 일행인 양 나란히 셔틀버스에서 내렸다. 그는 앞만 보고 걸었다. 그의 뒤로 그녀의 규칙적인 하이힐 소리가 느껴졌다. 1층에 식료품 상점이 있는 건물 앞에 이르자 딱히 살 게 있는 건 아니지만 이때다 싶어 안으로 들어갔다. 웬걸, 그 여자도 똑같이 상점으로 들어오는 것이 아닌가. 그녀는 러시아식 바게트 하나와 저지방 우유 한 통을 산 뒤 상점 밖을 나갔다. 그는 꽤 오랫동안 진열대를 들여다보다가 거의 먹지도 않는 조그만 판 초콜릿을 사고 말았다.

그가 상점 밖으로 나왔을 때 그 여자는 보이지 않았다. 하지만 집 쪽으로 걸어가던 중 마침 불어오는 북국의 바람을 피하려고 오른쪽으로 고개를 돌린 순간, 저쪽에서 또 그녀가 보였다. 그는 고개를 다시 돌리고 자기 아파트 쪽으로 갔다. 커다란 자작나무를 지나, 건물과 건물 사이의 아치형 통로를 지나자 사각형 공터가 나왔다. 그곳의 바로 왼쪽에 그의 아파트가 있었다. 러시아의 거의 모든 아파트처럼 경비실도 없었다. 심지어 아파트 입구에 잠금 장치는커녕 출입문도 따로 없었다. 현관과 계단은 작은 들창만 있고 전등도 없는 까닭에 상당히 어두웠다. 그래도 고문실을 연상시키는 엘리베이터 안의 애매한 전등 빛보다는 이 어둠이 더 낫다는 생각에 청우는 오늘도 계단을 올라가기 시작했다. 8층, 자신의 아파트 앞에 이르렀을 때는 숨을 헐떡이고 있었다.

접촉과 오류

간만의 산책 탓에 나른해진 몸을 따뜻한 물로 달랬다. 그리고 학위논문과는 별도로 구상해온 소설 파일을 열었다. 프롤로그만 쓰였지만 이미 절반 이상은 완성된 것 같았다. 이제 돈키호테처럼 무모하게, 또 인내와 끈기를 갖고 마저 쓰기만 하면 된다. 곧 불멸과 소멸에 대한 거대한 서사시 한 편이 탄생할 것이다. 회심의 미소가 흘렀고 시곗바늘이 눈을 찔렀다. 앗, 열시가 지났다. 청우는 불에 덴 사람처럼 재빨리 밖으로 나갔다.

*

불과 한두 시간 만에 계절이 바뀐 것 같았다. 오늘 세번째로 아치형 구름다리 밑과 자작나무 곁을 지나갔다. 백 미터쯤 걸어가자 교차로가 나왔다. 여기서 직진하면 맞은편에 곧바로 상점이 있고, 오른쪽으로 구십 도를 꺾으면 버스 정류장, 왼쪽으로 구십 도를 꺾으면 광물학 연구소의 기숙사가 나왔다. 그 옆에는 페테르부르크 국립대학의 기숙사가 있었다. 바로 그쪽으로 그는 걸어갔다. 초록빛 파도가 이는 들판 사이로 노란 민들레가 하얀 홀씨를 날리고 있었다. 연보라색과 하얀색 꽃을 피운 클로버, 하나둘씩 입을 연 진분홍색 해당화로 채워진 길이 이백 미터쯤 이어졌다. 그다음 두 건물 사이를 연결한 아치 너머로 우물형 통로가 나왔다. 두꺼운 잠바의 옷깃을 여미고 목도리까지 두른 채 거센 대륙풍에 맞서 고개를 숙이고 몸을 최대한 둥그렇게 말아 힘겨운 관문을 통과했다. 물리적으로는 측정할 수 없을 듯한 어떤 시간의 터널을 지나가는 듯한 기분이었다. 그 너머에 곧바로 핀란드만이었다.

바닷가로 나온 다음에는 늘 그랬듯 뒤를 돌아보았다. 거센 바람의 나라 입구로 막 들어선 검은 형체가 안간힘을 쓰며 전진하고 있었다. 중간쯤에 이르자 재킷이 활짝 벌어지면서 보라색과 흰색이 뒤섞인 원피스가 산 채로 해부당하는 민물고기처럼 펄럭거렸다. 나부끼는 얇은 옷감과 함께 성냥개비처럼 얇고 비루한 두 다리가 땅바닥에 강력접착제라도 붙여놓은 듯 힘겹게, 그러나 필사적으로 직립보행을 꿈꾸었다. 두 다리 못지않게 여윈 상체는 강풍과 추위 때문에 더더욱 움츠러들었고 어깨도 몹시 연약해 보였다. 고무줄로 대충 묶은 검은 머리채가 맞바람에 메두사의 뱀처럼 흐느적거렸다. 몸이 3차원 입체가 아니라 2차원 평면처럼 얇은 그 동양인 여자가 분명했다.

그의 눈앞으로 아스팔트가 깔린 해안도로와 초록빛의 무한한 직선 같은 풀밭이 펼쳐졌다. 그 너머로 검푸른 바다가 보였다. 불과 네다섯 시간쯤 전에 노파의 집에 가기 위해 이곳을 지나갔지만, 해가 질 무렵의 풍경은 사뭇 달랐다. 그는 자갈돌로 이루어진 바닷가의 한쪽에 자리 잡은 반석을 향해 걸어갔다. 바로 몇 걸음 앞에서 동양인 여자 역시 그쪽을 향하고 있음을 알아챘을 때 다시금 울화가 치밀어 올랐다. 게다가 역시나 그녀는 그 반석에, 그러나 정중앙이 아니라 왼쪽 구석에 애매하게 걸터앉았다. 그는 앞뒤 돌아볼 생각도 하지 않고 남은 반쪽 바위로 향했다. 사실 바닷가 반석에 주인이 있는 것도 아니잖은가.

"앉으세요."

그는 소스라치게 놀랐다. 말의 내용 때문이 아니라 러시아어가 아니라 한국어로 말했기 때문이다.

"한국인이셨습니까? 아니, 제가 한국인이라는 걸 어떻게 아셨죠?"

그동안에 여자는 담배를 꺼내 물었다.

"담배 피우세요?"

"아, 예. 저도 있습니다."

바닷바람이 너무 거세서 담뱃불을 붙이기가 힘들었다. 대신, 이 반석 위에 앉아 간난신고 끝에 불붙인 담배의 첫맛은 그 어느 때보다 더 황홀했다.

"국적이 다른 동양인들을 많이 접하다 보니 러시아어 발음으로 거의 정확하게 알아맞히게 됐어요. 여기 일몰이 아름답죠."

그녀는 시선을 어느덧 바다 쪽으로, 핀란드만의 극단으로 돌렸다. 그 역시 조금씩 달싹거렸던 엉덩이를 차가운 바위 위에 붙이고 그녀의 시선이 머무르는 곳을 좇아갔다.

검푸른 바다와 하늘이 만나는 접점엔 큰 구멍이 뚫려 있었다. 두 개의 공간 축과 시간 축이 만나 삼위일체가 되었다. 붉은색과 노란색을 조물주의 섭리에 따라 부조리한 배율로 섞어 놓은 빛깔을 띤 태양이 수평선 혹은 지평선 위에서 천천히 움직였다. 추락이나 전락, 그저 떨어짐으로 불러도 좋을 저 운동보다 더 전율할 만한 것은 그 거대하고 찬란한 원이 선과 맞닿는, 몇천 분의 1초에 불과한 그 순간이었다. 태양은 수평선의 면에 닿자마자 침몰 작업을 시작하더니 급속도로 물속으로, 땅속으로 빠져들었다. 그리고 흔적도, 소리도 없이 사라졌다. 그것은 존재하지 않는 뭔가, 하늘이라는 거대한 구멍 위에 뚫린, 그보다는 작지만 그래도 거대한 구멍 같은 것이었다. 그 구멍이 검푸른 바닷속, 시커먼 땅속으로 함몰하자 보이는 것은 형체를 규정지을 수 없는 거대하고 푸른 공간뿐, 희뿌옇고 검은 육지뿐이었다.

"낙조를 보고 있으면 저 태양이 꼭 구멍 같다는 생각이 든단 말입니다. 부재의 현현, 비존재의 극치라는 생각이."

그가 이 말을 내뱉은 순간, 또 다른 그는 '어디서 주워들은 풍월은 있어서 가지고는……'이라며 속으로 비아냥거렸다.

"태양만이 아니라…… 전등조차도 구멍처럼 느껴져요. 지하철 생각나시죠?"

그녀는 바다와 하늘 사이 어디 한 지점에 시선을 던져놓았다.

"안경을 벗고 보면 지하철 안의 세상이 물감에 물을 잔뜩 섞어 굵은 붓으로 점을 뚝뚝 찍어놓은 수채화, 아니 검은색 점묘화 같아요. 그러다가 정차역이 가까워져 잠깐 전등이 깜박거리고 두어 번 정도 어두워지면 샛노란 전등을 인지하게 돼요. 흑색의 몽롱한 점묘화 위에 뚫린 구멍이죠. 그 구멍을 응시하다 보면 어느새 구멍이 나를 응시하고 결국에는 나를 집어삼키죠. 곳곳에 구멍이군요. 내용물이 빠져나간 구멍들."

이 말과 함께 그녀는 느닷없이 미친 듯 깔깔 웃었다. 왜소한 몸뚱어리가 아까보다 더 거세진 바람과 함께 팔락거렸다. 바람이 잠깐 약해지고 그녀의 웃음도 잠시 멎었을 때는 이미 주위가 상당히 어두웠다. 그녀는 접혔던 종이가 바람 따위에 가볍게 진동하면서 들리듯 자리에서 일어났다. 그도 그녀를 따라 일어섰다.

이렇게 추운데도 해안가에서 물놀이하는 사람들이 적지 않았다. 유쾌하게 장난을 치면서 입을 맞추는 연인들, 귀여운 여자애를 목말 태우고 걸어가는 젊은 엄마 아빠, 한 곁에 낡은 자동차를 세워두고 멍하니 서서 담배를 피우는 후줄근한 중년 남자가 보였다. 벽안(碧眼)의 늘씬한 금발 아가씨들이 담배를 입에 물고 삼삼오오 짝을 지어 다녔고, 뚱뚱한 아줌마들이 커다란 개 한 마리를 동반한 채 한 손엔 장바구니를, 다른 한 손엔 맥주병을 들고 해변을 배회했다. 이 생기로운 풍속화 속을 청우와 동행이 걸어가고 있었다.

"따뜻한 차 한 잔 마실 수 있을까요?"

이제는 거의 컴컴해진 통로 앞에서 그녀가 물었다.

"거야 뭐 어렵지 않지만."

그는 얼결에 이렇게 말을 하긴 했지만, 갖가지 의문이 떠올랐다. 보아하니 이 기숙사에 사는 듯한데 지금이라도 자기 방에 가서 마시면 될 것 아닌가. 혹시 작업을 거는 건가. 하지만 그가 아무리 연애 경험이 없다지만, 아무래도 그런 것 같지는 않다. 그렇다면 왜 둘 모두에게 버거운 이 시간을 연장하려고 할까. 우물형 통로 바로 다음에 서 있는 기숙사 건물을 지나갈 때 그가 슬쩍 물어보았다.

"여기 사십니까?"

"잠깐 머물고 있답니다."

"어디서 오셨는데요?"

"모스크바요."

"그런데 이 근처에는 마땅한 카페가 없어서…… 어떻게……?"

"혼자 사시지 않나요?"

"예? 아, 그럼, 제 아파트로 가시려고요……? 그런데…… 그……"

그는 또다시 우물거렸지만 그녀는 여전히 무심하고도 차분했다.

"저기, 아파트가 좀 누추하고…… 시간이 벌써…… 아참, 그리고 고양이가……"

"고양이는 잘 있을 거예요."

그녀의 대답은 짧고 냉담했다. 그사이 그들은 어느새 상당히 먼 길을 오고 말았다. 교차로에서는 오른쪽으로 꺾어졌다. 아파트만큼이나 높이 자란 자작나무가 나왔고, 두 건물의 허리 한가운데를 이어놓은 아치가 나왔다. 곧이어 벽의 회칠이 다 벗겨진, 창턱마다 제라늄 화분이 놓인 건물로 둘러싸인 좁은 사각형 공간이 펼쳐졌다. 위로 백야의 희뿌예진 밤하늘이 훤히 보이는데도 사방이 꽉 막혔다는 느낌을 주는 갑갑한 공간이었다. 아파트 문 앞에 이른 그가 열쇠를 꽂자 길을 걷던 내내 침묵하던 여자가 한마디 했다.

"춥군요."

그들은 안으로 들어갔다.

*

　타인과 함께 들어선 방은 극도로 낯설었다. 창문과 가장 멀리 떨어진 곳에 침대가 있고 시트와 담요는 서로 엉겨 있었다. 그 옆 작은 탁자 위에는 전화기와 카세트가 놓여 있고 침대 반대쪽 옆, 즉 창문 옆에는 낡은 책장이 서 있었다. 책장의 맞은편에는 붙박이장이 있었다. 그 옆에는 문이 있고, 그 반대편에는 커버에 보풀이 일고 군데군데 구멍이 뚫린 나지막한 소파가 있었다. 그 위에는 항상 읽다 만 신문이나 잡지, 탐정 소설 등이 샤워 뒤에 그냥 던져둔 수건과 함께 뒹굴고 있었다. 이 소파와 책장 사이에, 책장 쪽으로 좀 더 간 곳, 창문과 제일 가까운 곳에 탁자 두 개가 붙어 있었다. 방은 세로가 가로보다 훨씬 긴 직사각형 모양이었고 한쪽 모서리가 찌그러져 있었다. 그 때문에 방이라기보다는 어쩐지 재주 없는 장인이 취중에 대충 짠 관 같은 느낌을 주었다.

　그는 손님을 컴퓨터 책상 앞 의자에 앉힌 다음 부엌으로 갔다. 찻물을 얹어놓고 재빨리 화장실을 다녀온 다음 부엌에서 차를 갖고 방으로 돌아갔다. 자기 방에 있는데도 되게 거북하고 어색했다.

"커튼을 걷으면 안 될까요?"

갑자기 그녀가 말했다.

"아하, 그렇군요."

그는 금세 자리에서 일어나 일 년 열두 달 쳐놓은 커튼을 걷었다. 주인과 객이 함께 있는 방 안의 내부가 유리창에 그대로 반사되었다. 생경한 풍경에서 눈을 떼며 담배에 불을 붙였다.

"저는 이청우라고 합니다만, 그쪽은……?"

청우의 말에 상대방은 깜짝 놀란 듯 되물었다.

"이청우라고요?"

"예. 푸를 청(靑) 비 우(雨)."

그녀의 다음 질문은 엉뚱했다.

"이렇게 혼자 살면 어떤가요?"

"글쎄요, 서울에서 가족과 함께 살다가 혼자 나와 사니 처음에는 세상을 다 얻은 것처럼 기뻤는데, 지금은 익숙해져서 감각이 없네요. 그쪽도 모스크바에서 혼자 살지 않으신가요?"

"저는 기숙사에 살아요. 룸메이트가 둘이나 돼요."

"그럼, 세 명이 한 방을 쓴단 말입니까? 끔찍한걸요."

"거의 살인적이죠."

"아니, 따로 방을 얻는 게 나을 텐데요. 학생이시죠?"

"그렇다고 할 수 있죠."

"전공은 뭡니까?"

"권태를 그리는 일이랄까요. 아직 구상 단계지만요."

청우는 그녀의 얄궂은 대답에 슬슬 짜증이 났다.

"실은 저도 뭔가 그럴싸한 걸 구상했는데 진척되질 않아서 골머리를 앓고 있답니다. 생활비까지 마련해야 하니 힘들기도 하고요. 한데 그 그림이 완성되면 꼭 한번 보고 싶은데요, 허허."

그의 말에 여자는 갑자기 정색하며 물었다.

"왜 그림이라고 생각하시죠?"

"그린다고 표현하셨기에……"

그는 갑자기 찌그러들었고 그녀는 자리에서 일어났다.

"가시려고요?"

"왜요, 제가 그만 가줬으면 좋겠어요?"

이렇게 농담처럼 말하더니 그녀는 화장실로 갔다. 열린 방문과 얇은 화장실 문 너머로 그녀의 소변 소리와 변기 물소리가 그대로 다 들렸다. 청우는 그녀가 자신의 누추한 변기 위에 앉았다는 생각에, 무엇보다도 고급스러운 흰 휴지 대신 러시아식 싯누런 똥 종이를 보거나 심지어 사용하리라는 생각에 얼굴이 화끈거렸다. 하지만 정작 당사자는 차분하게 걸어 들어와 원래의 자리에 앉았다.

"차 한 잔 더 마실 수 있을까요?"

청우가 차를 더 준비하는 동안 여자는 성냥개비 같은 두 다리를 얌전하게 모아 한쪽으로 비스듬하게 기울인 채 담배를 피웠다. 방 안에 담배 연기가 자욱했다.

"권태의 순수성을 해치고 있어요. 셋이 사는 것, 즉 살의(殺意)가."

"아, 정말, 그쪽은 도무지 종잡을 수 없는 얘기만 하는군요."

마침내 청우도 열받고 말았다. '그쪽'이라는 어정쩡한 대명사부터 짜증 났다.

"실은 아주 단순해요. 매 순간 살의가 치밀기 때문에 권태에 몰두할 수 없다, 이게 전부거든요."

"저 역시도 그렇게 단순하고 심지어 진부한 문제에 대해 생각하는 중입니다."

"자살요?"

"얼마나 진부한지, 바로 나오는군요. 하지만 조금 틀렸습니다. 자살이 아니라 살인이거든요. 그쪽이 말한 그놈의 살의와 직결된 거죠."

청우는 그녀가 노파에 대해 자세하게 물을 것을 대비하여 절대로 대답하지 않겠노라고 결심했다. 하지만 그녀는 혼자 뭐라고 웅얼거릴 뿐이었다.

"인간은 왜 자살하는가, 혹은 반대로 왜 자살하지 않는가, 라는 형이상학적 물음. 아니면 어떻게 하면 가장 확실하게, 동시에 미학적으로 자살할 수 있는가, 라는 방법론을 묻는 기술적인 물음. 그도 아니면, 자살을 시도하거나 자살에 성공한 사람의 삶에 대한 애착을 측정하는 진정성에 대한 물음. 그리고 자살이, 살인과 어떻게 연결되어 있는가, 라는 발생학적 물음. 돌고 돌아, 인간은 왜 쉽사리 자살하지 못하는가에 대한, 그 답이 인간은 죽음이 아니라 생존을 위해 설계된 유기체이기 때문이라는 것이라는 점에서, 생물학적 물음. 끝으로 이 죽음과 같은 삶의 동의어로서의 권태."

그녀의 독백을 듣는 둥 마는 둥 청우는 시계를 힐끔 봤다. 거의 자정이었다. 이러다가는 그녀에게 침대를 내주어야 할 것 같았다. 여자와 단둘이서 한 방에서 밤을 보낸다니, 상상도 할 수 없었다. 그 와중에도 그녀는 늙고 못생긴 엉터리 마녀처럼 지리멸렬한 주문을 외워대는 것이었다. 이 모습이 시선을 한 곳에 던져놓고 뜨개질을 하던 노파의 모습과 은연중에 겹쳐졌다.

"화장실에서 담배 피워도 돼요?"

그녀는 벌써 새 담배에 불을 붙였다. 청우는 졸음에 겨운 상태로 고개를 끄덕였다. 그녀는 또 화장실로 갔다. 아까처럼 바스락거리고 오줌 누는 소리에 이어 이번에는 큰 소리로 방귀 뀌는 소리까지 들려 왔다. 청우는 너무 민망해졌다. 그게 다 가시기도 전에 수분을 상당히 머금었을 법한 똥이 짧은 휴지를 두고 두세 번에 걸쳐 다량으로 쏟아졌다. 그다음에는 가느다란 한숨이 새어 나왔다. 곧 휴지라고 하기도 민망한, 뻑뻑하고 질긴 똥 종이 찢어지는 소리가 들렸다. 잠시 뒤 변기 물이 기운차게 콸콸 흘러나왔다. 그다음 화장실 옆에 붙은 욕실 문이 열리고 손 씻는 소리도 들렸다. 마침내 보라색과 흰색을 섞어놓은 원피스 자락이 나풀나풀 방 안으로 들어섰다.

"시간이 벌써 이렇게 지났나요?"

그녀가 자리에 앉으면서 물었다. 이때다 싶어 청우는 얼른 말을 받았다.

"예. 기숙사, 아니, 여관 문을 닫을 시간인 듯한데요."

"벌써 닫혔죠."

그녀는 딱 잘라 말했다. 그리고는 곧바로 다른 말을 했다.

"좀 피곤하네요."

"저도 피곤하긴 한데……"

그는 자신이 지금껏 가슴 졸이며 혹시나 하며 두려워했던 이 순간이 기어코 닥친 것에 어쩔 줄 몰라 했다. 지은 죄도 없이 죄인 신세였다.

"소파가 멋지네요. 지독하게 낡은 것이 말이죠."

그녀는 깔깔거리며 웃어댔다. 아주 오랫동안 그렇게 유쾌한 웃음을 뿌리며 소파로 가서 모로 누웠다. 그는 일단 이 자리를 피해야겠다는 생각에 부엌으로 갔다. 귓전으로 환청처럼 비틀즈의 「노르웨이 숲」과 기타 줄 튕기는 소리가 들렸다.

*

그가 방으로 돌아왔을 때 그녀는 벌써 잠들어 있었다. 그는 불을 끄고 침대로 기어 올라갔다. 타인의 몸이 자기와 한 공간에 있다는 사실에 혼란스럽기는 했으나, 워낙 피곤했던 터라 다행히도 빨리 잠이 들었다. 그 깊은 잠은 용케 끊어지지 않고 순조롭게 이어지는 꿈과 함께했다.

꿈속에서 그는 실제로는 한 번도 해본 적이 없는 정사를 벌이고 있었다. 상대는 오늘 우연히 만난 두 여자를 적당히 섞어놓은 듯한, 아름다운 푸른 눈에 윤기 나는 검은 머리를 고무줄로 대충 묶은 여자였다. 가느다란 손가락이 그의 몸을 훑고 지나감과 동시에, 어디선가 이빨이 거의 다 빠진 늙은이가 물을 많이 머금은 서양배를 탐욕스럽게 씹어 먹는 듯한 소리가 들려왔다. 뭔가가 그의 몸뚱이를 집요하게 옆으로 미는 것도 같았다. 그 순간 그는 방 한가운데를 단속적으로 스쳐 지나가는 불빛에 놀랐고, 자기 몸에 닿아 있는 어떤 육체에 놀랐다. 몸은 옴짝달싹할 수 없는 상태였다. 그동안에도 타인의 육체는 계속 움직이고 있었다. 그의 아랫도리는 무조건반사처럼 불끈 솟아올랐고 얼굴은 어둠 속에서 화끈거렸다. 그러면서도 이 미지의 여자와 대면하는 것을 피하려고 끝까지 잠든 척했다. 하지만 그녀가 예의 그 무심한 손짓으로 그의 몸의 중심을 건드리는 순간 눈을 번쩍 떴다.

"화장실 좀……"

그리고는 얼른 화장실로 달려가 일단 흥분을 잠재웠다. 한 무리의 폭풍이 지나가자 또 다른 폭풍을 예감케 하는 먹구름이 밀려왔다. 두 가지 생리적 욕구를 해결한 뒤 청우는 어기 적어기적 방으로 돌아와 침대에 누웠다.

이방인은 처음 자리에 누웠을 때처럼 얼굴을 벽 쪽으로 돌 리고 모로 누워 있었다. 숨조차 쉬지 않는 듯 고요했다. 짙은 어둠 속에 던져진 그녀의 몸을, 간간이 공사장의 섬광이 갈 기고 지나갔다. 원피스의 자잘한 보랏빛 꽃무늬 위로 흘러내 리는 그녀의 검은 머리채, 잘록한 허리와 볼록한 엉덩이, 포 개진 두 다리가 저마다 아름다운 곡선을 만들어내고 있었다. 아무래도 3차원이 아니라 선과 면으로 이루어진 2차원의 얇 은 존재였다. 드물게 내쉬는 서글픈 한숨만이 그녀가 살아 있 음을, 심지어 아직 잠들지 않았음을 말해주었다. 청우도 슬슬 잠이 들었다. 더러 울음소리가 들리는 것도 같았다.

청우가 완전히 눈을 떴을 때 아파트는 이미 환해져 있었다. 커튼을 걷은 탓이었다. 불쾌했다. 그는 침대에 걸터앉은 채로 방을 조망했다. 이 년간 보아온 익숙한 풍경이었다. 단 한 가 지, 텅 빈 소파가 그의 시선을 붙들었다. 침대에서 일어나 소 파로 가서 앉았다. 손 밑으로 뭔가가 만져졌다. 그것은 격자 무늬 공책에서 찢어낸 종잇장이었다.

"고마웠습니다—강초연."

청우는 버럭 겁이 났다. 서둘러 현관 쪽으로 갔다. 문은 굳 게 닫히긴 했지만, 아니나 다를까 잠겨 있지는 않았다. 등골이 오싹해졌다. 우선 문부터 걸어 잠갔다.

"강초연이라고? 희한한 여자 때문에 큰일 날 뻔했군."

혼잣말처럼 중얼거리며 성호라도 그을 태세였다. 어쨌든 새는 날아가버렸지 않은가.

푸른 자작나무 사이로

김이 모락모락 나는 뜨거운 커피와 독한 담배 한 모금을 들이켠 이후에야 감각이 완전히 돌아왔다. 오후 두시였다.

골방에 갇혀 살던 청우에게 어제는 다분히 혼란스러운 하루였다. 주인 노파와의 만남, 모처럼의 시내 산책과 일몰 구경, 러시아 음대생과의 조우, 처음 만난 한국 유학생과 웃긴 접촉. 모든 것이 빠른 속도로 하나의 초점을 향해 돌진했다. 시간이 촉박했다. 강하게 내리쬐는 페테르부르크 6월의 햇살을 배경으로, 쪽머리의 조막만 한 노파가 등을 돌리고 서 있다. 저녁 일곱시가 지날 무렵 백야의 은빛을 받아 번득이던 도끼의 날이, 욕조의 벽 양쪽 끝에 매달린 가느다란 철삿줄로 바뀌었다. 그는 벌떡 일어나 욕실로 달려갔다.

욕조에는 바닥에 물이 튀지 않도록 후줄근한 비닐 커튼이 하나 걸려 있었다. 그것을 지탱하는 것이 벽 양쪽에 박힌 두 개의 못에 걸린 철삿줄이었다. 그 철삿줄을 걷어냈다. 가늘었다. 녹이 슬어 있었고 새까만 먼지도 눈에 띄었다. 청우는 철삿줄을 구부러뜨려보았다. 쉽게 휘어졌다. 철삿줄에 목덜미가 감긴 노파의 일그러진 주름투성이 얼굴이 떠올랐다. 벌써 가슴이 벌렁거렸다. 하지만 이 황홀한 흥분은 금세 욕지기 나는 혐오감으로 바뀌었다. 정말로 애먼 노파에게 '그런 짓'— 그는 '살인'이라는 단어를 회피했다—을 할 수 있는가. 역시, 말이 안 된다. 그는 철삿줄을 제자리에 걸고 욕실 커튼을 바로잡은 뒤 방으로 돌아왔다.

청우는 낡은 컴퓨터를 켜고 파일을 열어보았다. 오래전에 망자가 된 늙은이들이 하릴없이 수다를 떨고 있었다. 청우는 의자에 앉은 채 머리를 뒤로 젖혔다. 초인종이 울렸다. 이름 석 자만 남겨두고 떠난 노르웨이 숲의 새 한 마리가 생각났다. 하지만 러시아어로 발화된 "누구세요?"라는 그의 말에 대답한 사람은 러시아인이었다.

"저어…… 죄송합니다만……"

해맑은 젊은 여자의 목소리가 조심스럽게 말을 걸어왔다. 문을 열었다. 어제 넵스키와 전철 객차 앞에서 본 그 여자였다. 그녀는 머뭇거리면서 노파의 집에서 우연히 마주친 적이 있는데 기억하지 못하겠냐면서 운을 뗐다. 그는 흔쾌히 그녀를 안으로 들였다.

"이렇게 전화도 없이 불쑥 찾아와서 죄송해요. 안나라고 해요. 카테리나 이바노브나께서 많이 편찮으신 거, 아시죠?"

"마침 어제 다녀왔습니다. 일도 있고 해서……"

"그러셨어요?"

안나는 어제 전철역에서 청우와 스쳤던 일을 상기했다. 그때는 알은체를 하기가 멋쩍었다.

"실은 지금 카테리나 이바노브나 댁에서 오는 길이에요. 어제저녁에도 갔었고요. 시내 나간 김에 샌드위치를 사다 드렸지요, 좋아하시니까."

"카테리나 이바노브나가 샌드위치를 좋아한다고요?"

노파가 주름으로 둘러싸인 입을 쩍 벌리며 두툼한 샌드위치를 베어 먹는 장면이 떠오르자 즐거워졌다.

"예. 물론 할망구는 남이 뭘 해주는 걸 무척 싫어하지만요."

안나는 오랫동안 사귀어온 친구와 수다 떨듯 노파 애기를 늘어놓았다. 심지어 스스로 의식하지도 못한 '할망구'라는 친근한 표현을 썼다. 청우는 무의식적으로 담배에 불을 붙였다.

"어머, 담배를 피우시네요! 어쩐지 방 냄새가 수상쩍더라니. 내 친구 중에도 골초가 많아요. 왜 다들 그렇게 빨리 죽으려고 할까요, 참. 그런데요, 우리 할망구는 그 지경이 되어서도 병원 갈 생각도 하지 않고 아들한테도 아무 말도 하지 않았어요. 우리 할망구한테 아들이 있는 건 아세요?"

"그런 것 같더군요. 어제 아드님의 주소를 받았습니다. 앞으로는 방값을 그리로 가져가라더군요."

이 말에 안나의 표정은 금세 분노로 바뀌었다.

"뭐라고요? 잠깐만요, 이름이 어떻게 되시더라?"

"이청우라고 합니다. 이름은 청우에요, 이는 성이고."

"그럼, 청우 씨, 혹시 할망구가 무슨 이상한 소리를 하던가요?"

청우는 '이상한'이라는 단어를 듣고 잠시 생각하다가 짧게 대답했다.

"죽음에 대해 말씀하신 것 같습니다."

"할망구가 정말 노망이 들었나 보네요! 게다가 내일 당장 죽더라도 이 아파트를 왜 아들에게 넘긴다는 거예요? 세상에 그 사람 같은 짐승도 없을 거예요."

여기까지 오자 청우는 노파의 개인사가 다소 궁금해졌다.

"할망구는 음악학교에 다니던 시절, 어떤 남자와 사랑에 빠졌고 결혼도 하지 않은 상태에서 그 후레자식을 낳았죠. 그 남자는 곧 다른 여자와 눈이 맞아서 우리 할망구를 버렸고, 할망구 혼자 아들을 키웠어요. 그리고 졸업 이후 학교에서 교편을 잡았을 무렵, 다른 남자를 만나 결혼을 했어요. 좋은 사람이었지만 안타깝게도 명이 짧았죠. 딸 하나를 남기고 금방 죽었으니까요. 그런데, 이 씨 다른 두 오누이의 사이가 원만

하지 못했나 봐요. 소문은 다 믿을 게 못 되지만, 아들이 제 여동생을 어떤 식으로건 못살게 군 건 사실인 듯해요. 여자애가 결국 안 좋은 죽음을 맞이했거든요. 자살이라는 얘기도 있고. 이후, 아들은 집을 나갔대요. 얼마 전에 페테르부르크로 돌아왔다는데, 할망구의 재산을 보고서 다시 연락하기 시작한 것 같아요. 그래본들 거의 찾아오지도 않는답니다."

청우는 가슴이 서늘해지는 것을 느꼈다. 차라리 노파의 삶이 평탄했더라면 좋았을 걸 싶었다. 아직 저지르지도 않은 범죄에 대한 죄의식 때문이 아니라, 노파의 구질구질한 과거사와 현재의 죽음 같은 고요를 하나의 실타래로 엮기가 힘들었기 때문이다. 실은 처음부터 자신의 가정사를, 특히 아버지의 본부인을 떠올리며 노파에 대해서 뭔가 비슷한 생각을 했는지도 모르겠다.

"하지만 이해가 잘 안 되는군요. 왜 저에게 이런 얘기를 하시는지……"

"아니, 왜라뇨?"

안나는 펄쩍 뛰었다.

"청우 씨는 이 년이나 우리 할망구의 아파트에 세 들어 살았잖아요? 사람이 다 죽어가는데 이렇게 천연덕스럽다니, 제가 이해가 안 되는군요."

"안쓰러운 건 있지만 그렇다고 해서 제가 뭘 어떻게……"

청우는 다시 말꼬리를 흐렸다.

"사실 우리가 뭘 특별한 일을 할 수 있겠어요."

안나는 울음을 터뜨리더니 어린아이처럼 서럽게 울었다. 깜짝 놀란 청우는 휴지를 건네주었다.

"성질이 좀 괴팍해서 그렇지, 얼마나 따뜻한 사람인 줄 몰라요. 언제 한번 나랑 같이 할망구 댁에 가보지 않으실래요?"

청우는 잠시 고민하다가 그렇게 하겠다고 대답했다.

"그럼 언제가 좋을까요?"

청우 쪽에서 질문을 던졌다. 이 최루성 휴먼드라마를 빨리 끝내버리고 싶은 마음이 굴뚝 같았다.

"주말에는 아르바이트도 해야 하고 집안일도 해야 하니까, 화요일이 어떨까 하는데요."

"그러죠."

"그럼, 화요일 저녁에 제가 이리로 올게요."

안나는 눈이 토끼처럼 벌게졌고 여전히 코를 훌쩍이면서도 언제 울었느냐는 듯 활짝 웃었다. 작별 인사를 할 때는 러시아의 담뱃갑에 쓰인 광고 문구인 "흡연은 당신의 건강에 해롭습니다"라는 말을 덧붙였다. 때마침 엘리베이터가 내려왔다. 안나는 방실방실 웃으면서 엘리베이터 안으로 들어갔다.

청우는 엘리베이터가 1층에 다다를 때까지 그 자리에 서 있다가 방으로 돌아왔다. 안나의 좀 바보스럽고 아이 같은 울음과 맑고 투명한 미소가 한동안 그의 머릿속에 남아 있었다. 몸통이 하얘서 잎사귀들이 더 푸릇푸릇, 풋풋하게 느껴지는 자작나무 숲을 거니는 기분이었다. 청우는 유쾌한 마음으로 망자들의 대화를 다듬어갔다.

*

이른 아침, 초연은 청우의 아파트를 나와 숙소로 돌아왔다. 같이 묵었던 중국인 여성은 나가고 없었다. 초연은 최근 계속된 불면증을 보상하듯 순순히 잠에 빠져들었다. 깼을 때는 대낮이었다. 가볍게 세안을 하고 머그잔에 수돗물을 받은 다음 '엘렉트로키피텔니크'의 꼬불꼬불한 금속 부분을 깊이 담그고 전원을 연결했다. 물이 끓자 인스턴트커피를 쏟아붓고 커피 봉지를 말아 천천히 저었다. 담배 이파리들이 재가 되어 아슬아슬하게 필터에 매달려 있을 즈음, 습관적으로 스케치북을 꺼냈다.

위쪽에는 쪽빛 하늘, 푸른 산과 구름이 여러 겹의 완만한 곡선으로 표현되어 있었다. 아래쪽에는 자그마한 물체 네 개가 서 있는데, 가운데 것이 집이었다. 말라버린 걸레쪽, 살진 고양이, 가느다란 삭정이, 우그러진 양은그릇 등은 세밀화처럼 그려져 있었다. 집의 양옆에 외양간이 있고 그 안에 소와 돼지, 염소와 토끼가 있었다. 그 옆에는 큼직한 나무 한 그루가 잎사귀의 잎맥까지 그려져 있었다. 초연은 스케치북의 오른쪽 맨 끝에 아주 작게, 계집애의 형상을 그려 넣었다. 하지만 왠지 이 구상성이 싫었다.

문득 생각난 듯 초연은 화장품 파우치를 책상 위에 쏟아부었다. 그리고 에메랄드색과 카키색의 중간쯤 되는 초록빛 섀도를 가장 굵은 솔로 완만한 곡선들 위에 칠했다. 각기 다른 명도의 파란색 섀도를 굵기가 각기 다른 솔로 곡선 위의 면에 칠하고 구름 부분은 그대로 두었다. 분홍색과 보라색 계통의 섀도로 꽃을 그려 넣었다. 꽃술까지 눈에 띌 만큼 섬세한 패랭이꽃, 도라지꽃, 채송화, 개망초, 싸리꽃, 조팝나무, 참나리 등이 태어났다. 짙은 오렌지색 립스틱으로 거무스름한 나무 위에 빨간 홍시를 그려 넣었다. 그림의 아랫부분과 지붕에는 하얀 섀도를 손가락으로 파내 거세게 발랐다. 함박눈이 쌓이는 풍경이었다. 이미 아무것도 들어갈 수 없을 듯한 공간의 틈새에 자그마한 초록빛 묏등이 나타났다. 원시인의 벽화처럼 도상적인 그림이었다. 섀도의 미세한 분말이 날아가면 푸른 산과 하늘도, 하얀 구름과 함박눈도, 풀과 꽃도 연극이 끝난 이후의 무대 소품처럼 증발해버릴 것 같았다.

초연은 노란 꽃이 그려진 초록빛 원피스를 입고 얼굴에 짙은 화장을 한 뒤 밖으로 나갔다.

메마르고 삭막한 여름이었다.

한낮에는 태양이 지상에 바싹 붙어 몹시 뜨거웠고 밤에는 한기가 느껴질 정도로 스산했다. 초연은 어릴 적부터 떠남을 꿈꾸었다. 그것이 늘 허울 좋은 몽상으로 판명되었음에도 공간의 이동을 통해 삶을 바꿔보려는 관성은 여전했다. 이 산골을 떠난다면, 이 서울을 떠난다면, 이 모스크바를 떠난다면, 이런 식으로 항상 어디론가 떠날 궁리를 했다. 지금 페테르부르크는 삶으로 가는 마지막 비상구였다. 그곳 역시 잃어버린 낙원이 될까 봐 계속 페테르부르크 대학 방문을 미루고 있었다. 화려한 원피스와 색조 화장, 가뜩이나 골이 깊은 얼굴과 두툼한 렌즈 아래서 모든 것이 조금씩 썩어 문드러지고 있었다. 괴저(壞疽)의 여름이었다.

넵스키의 중심에서 박물관으로 이어지는 골목은 일주일째 똑같았다. 위대한 건물들은 이제 문화유산 그림엽서의 흔한 소품으로만 보였고, 슬라브계 미인들은 인간을 이상한 비율로 변형해놓은 그로테스크한 괴물 같았다. 어디를 보나 길고 크고 허연 형체들이, 때로는 펑퍼짐하고 두툼한 형체들이 무덤에서 갓 기어 나온 환영처럼 둥둥 떠다니는 것 같았다. 그때 초연 앞에서 아무 소리도 들리지 않을 만큼 조용조용, 사뿐사뿐 움직이는 환영 같은 생명체가 눈에 띄었다. 어제저녁 넵스키 거리의 할머니에게서 샀다가 기숙사 입구에서 그냥 놓아준 그 고양이었다.

고양이와 함께 들어선 박물관의 내부는 피라미드 못지않은 미로를 연상시켰다. 각 방, 각 복도 한구석에서 할머니들이 조그만 의자에 구겨진 헝겊처럼, 미라나 좀비처럼 앉아 있었다. 대부분은 꾸벅꾸벅 졸다가 가끔 자기네들끼리 지겨운 듯 심드렁한 잡담을 주고받았고 그보다 더 가끔 관람객들에게 양식화된 꾸지람을 하곤 했다. "거기 손대지 말아요." "어허, 거기는 우리 자리야, 앉으면 안 되지." 정말 드물지만, 어기적거리며 자리에서 일어나 부주의한 관람객을 저지하기도 했다. 물론 이건 투철한 직업의식의 발로가 아니라 권력을 과시하려는 행정적 황홀, 아니, 그보다는 맨손 체조를 하고 싶은 생리적 욕구의 표현이었다. 오늘 그들은 모두 박물관의 장식품처럼 조용히 앉아 초연과 고양이를 멍한 눈으로 지켜볼 뿐이었다.

몇 개의 전시실을 지나 고양이가 들어선 곳은 대단히 높고 넓은 직사각형이었다. 아이바좁스키의 그림이 한 벽면을 다 덮고 있었다. 고양이는 넓은 바다, 높은 파도 한가운데에 섰다. 그것은 아름답고 낭만적인 서정성을 갖춘 바다가 아니라 숭고하고 장엄하다 못해 소름 끼치는 파괴력을 과시하는 검푸른 바다였다. 그 순간 고양이의 푸른 눈빛이 떠올랐다. 하늘색 본연의 진짜 가을 하늘처럼 마냥 푸르면서도 뽀얀 살에 얼룩진 시퍼런 멍처럼 웅숭깊은 푸른색이었다. 고양의 네 발은 붉은 카펫의 털을 간질이듯 움직였다. 초연은 그 움직임을 좇아갔다. 다시 직선과 직선의 만남, 큰 큐브 안의 작은 큐브 속으로 들어갔다.

입구에서 오른쪽으로 방향을 틀자 칠흑 같은 어둠에 짙은 초록색을 섞은 침침한 색감의 그림이 나왔다. 「드네프르의 밤」속의 초록은 환한 황금시대의 색깔이 아니라 어디가 어그러진 초록, 간혹 초록으로 표현되는 악마의 눈동자 같은 초록이었다. 멀리 보이는 드네프르의 강과 강 둔치가 모조리 서슬이 푸른 짙은 초록빛으로 덮여 있었다. 이 그림의 정점은 화폭의 한 편에 무심하게, 하지만 또렷하게 떠 있는 노르스름한 달이었다. 그것은 어느덧 짙은 초록빛 속 구멍이 되었고 그림 밖의 고양이마저 증발하고 없었다.

초연은 갤러리를 빠져나와 여느 때처럼 푸시킨 동상 옆 벤치에 앉았다. 담배 한 대가 다 타들어가도록 한여름의 한기가 가시지 않았다. 눈앞에서 고독이라는 단어가 孤와 獨으로 분리되어 그녀의 눈앞에서 부유했다. 현수의 존재가 초연을 들쑤셨다. 자신이 감상적이고 통속적인 여류 소설의 주인공이 되는 것이 참 불쾌했다. 또다시 괴저의 시작이었다. 초연은 벤치에서 일어났다.

숙소에 도착하자마자 초연은 커피잔을 앞에 두고 스케치북을 펼쳤다. 립스틱 선 주변에는 기름이 번졌고 새도 분말은 날아갔고 산과 하늘과 구름과 집과 동물과 꽃이 모조리 병신과 머저리로만 보였다. 그때 현관문이 열리는 소리가, 이어 옆방 문이 열리는 소리가 들렸다. 옆방의 새 투숙객들이었다. 그들이 초연의 방문을 두드렸다.

"안녕하세요?"

150cm도 안 될 법한 아주 작은 여자와 반대로 190cm는 족히 될 법한 아주 큰 남자였다.

"저희 부부는 일 때문에 잠깐 여기에 묵게 됐는데요, '엘렉트로키피텔니크'가 터져버렸지 뭐예요. 아무래도 중국산이라…… 혹시, 좀 빌릴 수 있을까요?"

초연은 흔쾌히 그렇게 했다. 아내는 작았음에도 가슴과 엉덩이, 허벅지에 탄탄한 살집이 잡혀 관능적인 느낌을 주었고, 남편은 살이 찐 편이었으나 키가 크고 몸에 균형이 있어서 몸이 좋다는 인상을 주었다. 그 짧은 시간 내내 아내는 남편의 겨드랑이 훨씬 아래쪽에 바싹 붙어 끊임없이 남편의 손이나 가슴팍이나 얼굴을 만지고 있었다. 남편 역시도 자기 몸에 닿은 아내의 손을 역시 끊임없이 어루만졌다. 그들은 물을 다 끓이자마자 물건을 돌려주었고 감사의 표시로 조그만 판 초콜릿도 주었다.

시간이 좀 지났을 때 옆방에서 사부작거리는 소리가 들려왔다. 초연은 다시 스케치북을 꺼냈다. 그리고 아래쪽의 좁은 여백에 "성장이 멈춘 성장 소설"이라는 문구를 적어 넣었다. 커피를 마시며 담배를 피웠다. 옆방 부부가 사랑을 나누는 소리는 더 거세졌다. 러시아 건물은 기후적 특성상 외벽은 두껍지만 각 방 사이의 벽은 너무 얇아 방음이 허술했다. 초연은 문득 생각이 난 듯 지우개를 꺼내 조금 전의 문구를 조심스럽게, 하지만 깔끔하게 지웠다. 잠시 생각한 다음 "성장 소설의 매혹"이라는 문구를 써보았다. 하지만 그것도 곧 지우고 말았다. 대신 "권태"라는 단어를 쓰고 옆에 "燕"이라고 씀으로써 서명을 해 넣었다. 젊은 부부가 깔깔대며 함께 샤워하는 소리가 들렸다. 초연은 다시 지우개를 들고 "권태"와 "燕"을 지웠다. 초록색은 어디에도 남아 있지 않았다. 댑싸리는 극히 세밀하게 그려졌으나 한여름의 푹푹 찌는 정서를 닮은 시골 풍경의 소품으로는 격이 맞지 않았다. 흰둥이 검둥이도, 똥 누기 놀이를 하는 아이도, 심드렁하게 장기 두는 남자도 보이지 않았다.

이미 자정이었다. 오늘도 운 좋게, 초연이 묵는 방에는 손님이 없는 것이 분명했다. 하지만 옆방에 평화로운 정적이 찾아왔을 때도 초연은 잠과 명료한 의식의 중간 지대를 배회했다. 그녀는 권태를 그리고 지웠으며 또한 권태를 쓰고 지웠으며 또한 모스크바의 기숙사로 돌아가 평화롭게 잠들어 있는 두 명의 룸메이트를 일말의 죄의식도 없이 목 졸라 죽였다. 그리고 푸른 잿빛의 고양이로 둔갑해, 격렬한 사랑을 나누고 새근새근 잠들어 있는 옆방 부부 사이에 끼듯 누워 있었다. 암전 혹은 단절. 청산처럼 새파란 비를 맞으며 여윈 남자의 몸을 더듬다가 아랫배에 심한 통증을 느껴 화장실로 달려갔다. 통통하게 살이 오른 싯누런 구더기가 스멀스멀 허벅지를 타고 올라와 성기 쪽으로 다가오자 질겁하며 밖으로 뛰쳐나갔다. 그렇게 하의를 벗은 채 넵스키의 한복판에 서 있는데 다리 사이로 붉은 피가 뚝뚝 흘러내렸다. 너무 놀라 비명을 지르자 입에서 토사물처럼 거세게 싯누런 고름이 뭉텅뭉텅 쏟아져 나왔다. 어느덧 샛노란 전등이 하의를 벗고 다리를 쩍 벌린 채 수술대에 누워 있는 그녀의 몸을 비추고 있었다. 수술대가 갑자기 위로 솟아올랐다. 마침 룸메이트 없이 혼자 모스크바 기숙사의 침대에 누워 수음에 몰입한 모습이 맞은편 건물의 거주자의 눈에 포착되었다. 또다시 암전 혹은 단절. 초연은 정갈한 자세로 책상 앞에 앉아 권태를 쓰고 또 그리고 있었으나 단 한 페이지도, 단 한 장의 그림도 태어나지 못하고 모든 것이 붉은 핏덩어리가 되어, 모스크바 기숙사의 공동 조리실 쓰레기통 속으로 추락하고 있었다⋯⋯

그녀는 비명을 질렀고 환영들은 순식간에 사라졌다. 하지만 코를 찌르는 쓰레기통의 악취와 피비린내는 두툼한 안경을 끼고 백야의 희붐한 새벽빛이 가득한 방 안을 둘러본 뒤에도 사라지지 않았다. 한밤중의 묘지처럼 적막했다. 초연은 언제 터질지 모르는 '엘렉트로키피텔니크'를 꽂고 커피 물을 끓였다. 새벽 다섯시가 지났다. 어린 시절 언제나 그녀를 흥분시켰던, 고향집 유리창 너머로 밝아오는 새벽의 푸름이, 청량한 쪽빛을 예고하는 그 야성적인 기운이 그리웠다.

파랑새의 노래

청우는 컴퓨터에서 눈을 떼고 기지개를 한 번 켰다. 대낮과 밤, 빛과 어둠의 중간쯤 되는 희뿌연 어스름만이 가득했다. 이 정도로까지 일에 몰두한 것이 상당히 오랜만이었다. 그것도 일요일에 말이다. 모종의 성취감과 더불어 유쾌하면서도 나른한 피로감이 느껴졌다. 하지만 시간이 조금 더 지나서 자신이 쓴 것을 되짚어보면 한결같이 쓰레기였다. 머릿속에서 발효된 구상과는 전혀 다른 글이었다. 언제나 짐작과는 다른 일이 일어났고, 현실은 기대를 야비하게 비껴갔다. 청우는 소파에 누워 천장을 올려다보았다.

……사건 당일에는 품이 넓고 속주머니가 튼튼한 감청색 잠바를 입는다. 철삿줄이 그 속주머니에 무리 없이 들어갈 수

있도록 구부려서 똬리를 튼다. 철삿줄은 도끼처럼 무겁지 않으므로 활동에는 별 지장이 없겠으나, 철삿줄의 끝이 자신을 찌르지 않게 바깥을 향하도록 집어넣는다. 노파가 혼자 있을 때, 일곱시 즈음 방문하는 것이 가장 좋겠다. 이야기가 좀 길어질 듯하다는 암시를 주어서 노파의 아파트 안으로 진입한다. 적절한 핑계를 대며 미리 준비한 봉투를 꺼낸다. 노파는 그것을 받아 쥐고 자리에서 일어나 석양빛이 가득한 창 쪽으로 돌아선다. 기필코 이 순간을 포착해서 철삿줄을 꺼낸 다음 뒤에서 목을 조르는 것이다. 체구가 워낙 작아서 얼굴이 위로 들릴 것이다. 그 순간, 숨이 넘어가는 노파의 얼굴에서 죽음 같은 고요가 산산이 부서지고 동물적이고 원시적인 공포가 찬연하게 빛날 것이다. 아파트 창문에는 검푸른 하늘 위로 번지는 일몰 전의 진홍빛 노을이 펼쳐질 것이다. 보다시피, 미학이 핵심이다. 그런데 그때 뜻밖의 변수가 생길 것이다. 바로 안나다. 그는 여태껏 자신이 아파트 문을 잠그지 않았음을 인지하고 끔찍한 전율을 느끼지만, 그 즉시 완력으로 안나를 제압하고 그 짧은 순간 철삿줄에 목이 감긴 안나는 힘없이, 그러나 절절하게 한 손을 들어 올려 자신의 몸을 보호하려고 할 것이다. 이 장면은 두고두고 오랫동안 그를 괴롭힐 것이다……

여기까지 이르자 청우는 언짢아졌다. 눈앞에서 샴 고양이 두 마리가 파란 눈을 번득이더니 꼬리를 위로 빳빳하게 세운 채 지나가고 '데자뷔'라는 단어가 눈앞에서 어른거렸다. 철사, 일몰 무렵, 미끼용 봉투까지는 참아줄 만한데, 그다음부터는 모든 것이 질 나쁜 모조품이었다. 소실점도, 초점도 없는 그림 한가운데로 다시 안나가 비집고 들어왔다. 이번에는 전혀 다른 맥락이었다.

인터넷 연결이 원활하던 서울의 골방에 틀어박혀 성인 사이트를 전전하던 시절 보아온, 다리를 쩍쩍 벌리고 음모를 밀어버린 성기를 활짝 열어젖힌 하얀 여자가 나타났다. 초점이 흐려진 눈과 오뚝 솟은 코는 온 힘을 다해 욕망의 저속하고 지저분한 바닥을 자극했다. 반쯤 벌어진 입에서는 희뿌연 액체가 흘러내리고 허연 성기 위로 클릭을 자극하는 메시지가 바쁘게 움직였다. 징그럽고 역겨웠다. 그럼에도 흥분한 몸은 제멋대로 활개를 치며 야단법석을 떨었다. 한 번의 파고 끝에 온몸의 힘이 쫙 빠져나가자 생식기만 있는 기형적인 희멀건 몸뚱어리들도 싹 사라졌다. 청우는 미학적인 차원에서도 격이 떨어지는 범죄를 저지른 것처럼 수치스러워졌다.

다시 안나의 얼굴이 떠올랐다. 그리고 몇 달 전, 피아노 악보 뭉치를 겨드랑이에 낀 채 여고생처럼 청우의 곁을 살짝 스치듯 노파의 아파트를 나가던, 참새 깃털처럼 발랄하고 경쾌한 움직임이 재생되었다.

다음 날 아침 여덟시경, 청우는 개운한 상태로 잠에서 깼다. 느닷없이 해장국을 끓여야겠다는 생각이 들었다. 찬장을 뒤지니 쌀이 나왔다. 냉장실에는 우유와 치즈, 소시지, 그리고 달걀이 있지만 해장국에는 쓸모가 없었다. 냉동실 문을 열었다. 정체를 알 수 없는 봉지들 몇 개가 돌덩이처럼 꽁꽁 언채 뒹굴고 있었다. 하나는 태곳적에 입실한 것이 분명한 고깃덩어리였다. 성에가 낀 두툼한 검은 봉지를 풀자 자잘한 봉지 몇 개가 나왔다. 고춧가루, 다시마, 미역, 김, 멸치가 쏟아져 나왔다. 작년 여름 페테르부르크 대학에 어학연수를 왔던 한 남학생이 귀국 전에 준 것이었다. 마지막 봉지를 꺼내봤다. 뜻밖에도, 백 달러짜리 지폐, 더군다나 열 장이나 됐다! 유학 초창기에 도둑이 들 것을 우려하여 머리를 굴려 감추어둔 것이다.

청우는 '팔도 도시락'을 기본으로 고춧가루를 비롯한 각종 재료를 넣고 끓인 국과 방금 지어 김이 모락모락 나는 밥을, 가끔 씹히는 돌과 함께 게걸스럽게 먹어치웠다. 식후흡연 장생불사, 담배 피우는 것도 잊지 않았다. 반년 동안의 방값과 생활비가 냉동되어 있었다니, 생각할수록 웃겼다.

*

학교, 구내매점에서 커피를 마시면서 청우는 지금 가장 필요한 자료가 무엇인가 잠깐 고민한 뒤 서고로 갔다. 그리고 책 몇 권의 서지 사항을 기록한 뒤 사서에게 건네주었다. 책

을 손에 넣으려면 한 두어 시간은 족히 기다려야 했다. 청우
는 오랜만에 구내서점에 가서 눈에 띄는 신간 한 권을 샀다.
그러고는 학교 건물과 강변도로 사이에 조그만 쪽문처럼 박
힌 교문을 나섰다.

"이 학교에 다니시나 보죠?"

마침 교문을 열고 들어오는 초연과 마주쳤다. 무슨 볼일이
있는지 상당히 서두르는 모습이었다.

"예. 워낙 많이 놀았더니 아무래도 공부만 한 놀이도 없다
는 생각이 들어서요."

눈앞으로 쏟아지는 햇살에 기분이 좋아져서 청우의 대답도
가뿐했고, 받아치는 초연도 그랬다.

"저야말로 공부 좀 해볼까 해서 왔지요. 이번 여름이면 예
비학부가 끝나거든요."

"아, 그럼, 페테르부르크 대학에 입학하시려고요? 설마, 권
태 쓰는 일을 여기서 배우려는 건 아니겠죠?"

그저께의 대화가 문득 생각나 청우는 농담 비슷하게 물어
보았다. 초연은 뜻밖의 급습을 당한 사람처럼 놀라는 듯하더
니 이내 깔깔거리고 웃었다. 햇볕도 적당히 내리쬐고 바람도
따사롭게 선선했다.

"그런 것도 가르쳐준다면야 고맙죠. 그럼, 이만 가볼게요."

청우는 네바강의 강변도로를 지나 넵스키로 나갔다. 우연
히 발견된 몇 권의 고서를 샀다. 학교 도서관에서 주문한 책

을 받아 들었을 때는 갑자기 진정으로 향학열이 샘솟았다. 어쭙잖은 '기획' 따위는 어느덧 의식의 지평 밖으로 넘어가버렸다. 그때 여대생 두 명이 그의 곁을 스쳐 가며 인터넷과 이메일 얘기를 했다. 오랜만에 학교에 온 목적이 상기되었다.

사실상 방학이나 다름없어 사람은 적었지만 컴퓨터 수는 더 적었다. 청우는 한글을 입력할 수 있는 컴퓨터 옆에서 앞사람이 일어나기를 기다렸다. 십 분쯤 뒤에 메일을 확인할 수 있었다. 스팸 몇십 통을 빼면 학교에서 온 편지, 그리고 어머니와 누나의 편지가 각각 한 통씩이었다. 이번 여름 방학 때는 어학 연수팀이 작년과는 달리 페테르부르크가 아니라 모스크바로 간다는 내용이었다. 문제는 누나의 결혼 소식이 담겼을 두 통의 편지였다.

누나는 청우가 유학을 떠나기 얼마 전 오 년쯤 사귄 남자와 결혼식을 올릴 참이었다. 하지만 청우의 유학 문제도 있고 무엇보다도 집안 문제가 여전히 해결되지 않은 상태였다. 어머니는 청우와 누나를 아버지의 호적에 올린 것에 만족하지 않았다. 아버지의 본부인은 자식이 없었던 터라 청우와 누나의 존재를 알았던 옛날 옛적부터 이들의 호적 영입을 조심스럽게 제안했고 양육비도 대주었다. 본부인이 중병에 걸려 자신의 몫도 조용히 포기하자 어머니는 더욱더 까불고 설치는 쪽을 택했다. 대단히 황당무계하게도, 어머니는 본부인을 내치고 아버지의 정실이 되고자 했다. 그런데 오랫동안 어머니와 같이 살다시피 하며 아이를 둘이나 낳은 아버지가 어째서인지 이것만은 한사코 반대하며 숫제 발길을 끊었다. 어머니는 본부인의 집까지 쳐들어가 잘나가는 중소기업 사장의 예비 마나님인 양 거드름을 피우고 제 성질을 못 이겨 손에 잡히는 대로 물건을 마구 집어 던졌다. 아버지는 중간에서 엉거주춤, 어영부영할 뿐이었다. 그러니까 본부인을 향한 고고한 경외감과, 첩을 향한 경멸 섞인 짐승 같은 사랑 사이에서 말이다.

청우는 우선 위에 있는 어머니의 편지를 열었다. 역시 누나는 약혼자와 완전히 결별하고 말았다. 수다스러운 어머니는 이 사실을 직설적으로 알린 뒤 오랜 레퍼토리를 반복했다. 즉, 자신의 박복한 운명을 구구절절이 한탄하고 누나와 누나의 약혼자, 아버지, 아버지의 본부인 등 남녀노소 산 자 죽은 자를 가리지 않고 모두를 각개격파식으로 공격했다. 중학교만 간신히 마친 어머니가 노년에 이토록 힘들게 이메일 쓰는 법을 배운 목적이, 오직 이국만리에 떨어져 있는 아들에게 울분을 토하기 위해서인 양 여겨질 정도였다.

누나의 편지는 청우의 마음을 저리게 만들어 종국에는 눅눅하고 질퍽질퍽한 감상성으로 몰고 갔다. 어머니의 편지보다 일주일은 더 늦게 쓰인 편지에서 누나는 청우의 학업을 걱정했으며 어릴 때와 마찬가지로 어머니를 탓하지 말라고 타일렀다. 청우는 누나가 차라리 어머니의 성질을 닮아 어머니와 대판 싸움을 벌이길, 단 한 번이라도 자기만을 위해 뭔가를 해주길 바랐다. 그러나 누나는 어릴 때처럼 어머니의 눈치만 살피며 자신의 존재 자체가 어머니는 물론 세계 전체의 불행의 원인인 양 죄스러워했다.

청우는 하얀 자작나무들이 빽빽하게 들어선 러시아의 평평한 숲 한가운데 혼자 서 있는 기분이었다. 끝이 보이지 않아 망망대해 같고 그러면서도 앞을 가로막고 선 나무들 때문에 시원하게 확 트인 느낌도 주지 않는 공간이었다. 영원히 집으로 돌아가지 못할, 아니, 않을 것만 같았다.

답장도 쓰지 않고 학교를 나온 청우는 어느덧 아스팔트가 깔린 강변도로를 걷고 있었다.

무기력한 남편과 우아한 본처와 천박한 시앗과 두 아이를 둘러싼 추악하고 해묵은 드라마를 만들어낸 원흉은 사실, 죽는 순간까지 자신의 이미지는 훼손하지 않은 반면 주변 인물에게 모조리 미학적인 죽음을 선고한 그 여자였는지도 모른다. 본부인이 너무 귀족적이고 점잖았던 까닭에 첩에게는 도대체, 뭔가 본때 나는 역할이 허락되지 않았다. 청우는 이미 무덤에 들어간 그 여자를 되살려내서 단 한 번이라도 날것의 모습을 보고 싶었다. 주인 노파에게서 그 단아하고 귀족적이었던 여자의 잔영을 본 순간, 괴상한 살의가 첨예해졌다. 아버지의 본부인 대신 노파의 얼굴이 떠오르자 청우는 숨통이

트이는 것 같았다.

네바강의 다리 한가운데, 청우는 난간에 몸을 기대고 섰다. 길 건너편에서 멀찍이 떨어져 봤을 때와는 달리 강물은 지저분했다. 깨진 맥주병 파편, 찌그러진 담뱃갑, 담배꽁초, 감자칩 봉지, 우그러진 통조림 깡통과 코카콜라, 정액이 담긴 콘돔 등이 둥둥 떠 있었다. 대학 시절 청우는 인간사란 "누군가는 반드시 죽어주어야 한다"라는 공식에 근거한 범죄 소설과 같다고 생각했다. 그러니까 누군가가 반드시 죽어주길 바랐던 것이다. 하지만 이건 몹시 비겁한 일이었다. 차라리 자기가 죽어주는 편이 훨씬 더 세련된 것이었다. 스물다섯을 넘긴 청우는 그래도 일단 죽어주는 대신, 떠나주는 쪽을 택했다. 북국의 고도(古都)는 도피처로 제격이었다.

네바강을 내려다보며, 아니, 수면을 장식한 쓰레기를 살펴보며 청우는 다시 범죄 소설의 공식을 꿈꾸었다. 그래, 누군가는 반드시 죽어주어야 한다. 과연 그 자신이 이 행위의 주체가 될 것인가. 오늘따라 환하고 강렬한 햇볕과는 달리, 네바강은 한없이 비루했다. 청우는 고개를 내저었다. 이렇게 하얀 대낮에 이렇게 더러운 물에 몸을 던질 수 없다는 생각을 확증하는 고갯짓만은 아니었다. 모름지기 살아 있는 것은 모두 저 네바강처럼 누추하게 마련이므로 어떻게든 견뎌야 한다는 다짐을 되씹는 고갯짓이었다.

청우는 학교 쪽 버스 정류장에서 7번 버스를 탔다. 바실리

엡스키 섬의 아파트로 가는 동안 오직 '기획'에만 몰두했다. 어제와 달리 그것의 진정성과 당위성을 믿고 있었다. 집에 도착했을 때는 오직 실천적인 차원의 고민밖에 남지 않았다. 청우는 옷을 입은 채 침대에 팔베개를 하고 똑바로 누웠다. 6월이 가기 전에, 아무리 늦어도 백야가 이울기 전에는 끝내야 한다. 죽을 때가 된 노파가 업무 폭주로 괴로워하는 저승사자보다 먼저, 무위로 괴로워하는 이승사자에 의해 조금 빨리 떠난들 어떠랴. 노파의 '후레자식', 그리고 안나의 수고를 덜어주는 일이 될 것이다. 그나저나 이놈의 안나는 정말 짜증이었다. 비유적으로만 그런 것이 아니었다. 구상이 한창 진행 중일 때 안나가 진짜로 나타난 것이다.

*

청우가 문을 열자 예의 그 맑고 투명한 미소가 공기를 가득 채웠다. 안나는 뒷짐 지듯 등 뒤로 감추었던 것을 앞으로 내밀었다. 해당화, 라일락, 은방울꽃 등을 무명실로 묶어 만든 꽃다발이었다. 저녁 일곱시가 지났으나 은은한 햇빛이 아파트 마룻바닥까지 길게 드리워졌다.

"예쁘죠?"

안나는 흔한 인사말 한마디 없이 꽃다발을 건네며 어린애처럼 환하게 웃었다. 조금 전까지 그녀를 신고 있던 지저분한

엘리베이터에서도 생기로운 향내가 나는 듯했다. 청우는 꽃
다발을 코로 가져갔다. 저마다 향기가 짙은 꽃들인지라, 숨을
들이켜는 순간 질식할 것 같았다.

　"친구들이랑 잠깐 교외에 나갔다가 꺾었어요. 내일 약속을
상기하려고 잠깐 들른 거예요."

　"잊었을 리가 있습니까?"

　하지만 청우는 속이 뜨끔했다.

　"거짓말. 청우 씨는 항상 뇌수의 일부분을 다른 곳에 빼놓
고 있으니까 분명히 잊었을 거예요. 그런데 우리 그냥 말을
놓으면 안 될까요? 경칭은 나이 차이가 크거나 형식적인 관
계에서나 쓰이거든요."

　"그렇군요. 러시아인 친구가 별로 없어서……"

　"그럼 저랑 친구 해요. 청우 씨는 사실 이 년이나 러시아에
산 사람치고는 말을 썩 잘하는 편이 아니에요. 문법 실수는
별로 없지만 표현도 어색하고 억양이나 발음이 엉망이에요."

　"친구가 아니라 과외 선생이 되겠다는 소리로 들리는데요?"

　"그러면 또 어때요? 어머, 정말 늦겠네, 그만 갈게. 내일은
꼭 말 놓기다!"

　안나는 갑자기 생각난 듯 시계를 보았고 순식간에 사라졌
다. 이 자연스러운 단절과 속도감에 청우는 또 한 번 놀랐다.
안나와 얘기를 나눈 시간은 고작해야 오 분 남짓이었지만, 청
우는 도깨비방망이로 얻어맞은 것처럼 정신이 멍했다. 아무

래도 경박할 정도로 명랑한 이 러시아 계집애가 자신의 기획에 치명적인 훼방꾼이 될지도 모른다는 불길한 예감이 들었다. 그렇다, 이건 땅에서 솟았는지 하늘에서 떨어졌는지 아무튼 뿔 없는 초록 도깨비였다.

응시

청우와 헤어진 초연은 미술대학의 학과 사무실 앞 딱딱한 의자에 앉아 있었다. 십 분쯤 지나자 약속 시각에 맞추어 뼈대가 약해 보이는 키 큰 남자가 나타났다. 뛰어왔는지 숨을 몰아쉬면서 수건으로 이마의 땀을 닦았다. 'N. V. 폴레노프'라는 검색어를 통해 짐작했던 것보다 훨씬 젊어 보였다.

"한국에서 오신 분 맞으시죠?"

초연이 몸을 숙여 인사를 하자, 그는 열쇠로 직접 학과 사무실의 문을 열었다.

사무실인지 강의실인지 분간하기 어려운 실내 공간에는 낡은 책상과 의자가 몇 개 있고, 벽에는 그림과 사진이 걸려 있었다. 이 무더위에 에어컨은커녕 선풍기도 보이지 않았다. 검소하다 못해 허름한 이곳이 러시아에서 손꼽는 국립대학의 학과 사무실이라니. 교수들조차도 개인 연구실이 없다는 얘기를 듣긴 했지만, 다소 당혹스러웠다.

폴레노프 교수는 초연을 앞줄 책상 앞에 앉히고 자기는 맞은편에 앉았다. 러시아 소설에 자주 나오는 '아마빛' 머리카락이 눈에 들어왔다. 금발에 가까운 옅은 황갈색의 가느다란 머리카락 한 가닥, 한 가닥에서 은은한 윤기가 느껴졌다. 교수의 눈빛은 회색과 푸른색의 경계 어디쯤 '회청색'이라는 단어에 딱 맞는 몽롱한 느낌이었다. 창 너머에서 한여름의 햇살이 들어와 그의 실루엣과 이목구비를 관통했다. 그와 그를 구성하는 모든 성분이 제각기 아름다움을 발산하는 듯했다. 아무리 봐도 사십대 중반으로는 보이지 않았다.

"학부에서 국문학을 전공하셨다고 하셨죠?"

"예."

"졸업 이후 바로 진로를 바꾸신 건가요?"

"석사 학위를 받고, 좀 쉬면서…… 정식으로 그림 공부를 한 적은 없습니다."

"그렇군요. 자, 그럼, 이렇게 합시다. 각종 행정 절차는 외국 학생 담당 부서에 가서 알아보시고, 저에게는 본인의 작품을 갖고 오시죠. 혹시 지금 갖고 계신가요?"

"아니요. 오늘은 그저……"

그 순간 초연은 여름이면 교수들이 별장으로 장기간의 휴가를 떠난다는 사실을 상기했다. 하지만 그림을 가져오지 않았다고 거짓말을 했기 때문에 이제 와서 가방 안에 든 데생을 내밀 수는 없었다. 이와는 별개로 가슴이 벌렁거리고 온몸이 달아올랐다. 이건 자신이 지금까지 몇 안 되는 러시아어를 이야기하면서도 계속 더듬거렸다는 열등의식 때문만은 아니었다. 초연은 조심스럽게 물었다.

"여름휴가는 언제쯤……?"

"아, 걱정하지 마세요. 저는 페테르부르크에 계속 있을 겁니다. 내일이라도 준비되는 대로 연락 주시고요."

그리고 가벼운 눈인사와 함께 초연을 내보냈다.

학교를 나온 뒤 초연은 네바강으로 향했다. 햇볕이 뜨겁지만 습도는 높지 않은, 실로 청명한 여름이었다. 고향의 무더운 한여름과 청명한 가을을 장점만 추출해서 합쳐놓은 것 같았다. 이 아름다운 풍경 위로 고풍스러운 건물 하나가 두드러졌다. '에르미타주'였다. 초연은 단조롭고 느린 걸음걸이로 다리를 건너갔다. 낡은 자동차와 덩치 큰 버스들이 지나갈 때마다 다리가 조금씩 진동했다. 네바강을 가로질러 여러 다리가 일정한 간격을 두고 이어졌다. 저녁이면 저것들이 춤추는 부채들처럼 미묘한 시차를 두고 차례로, 일제히 반으로 쩍 갈라지며 들리는 것이었다.

에르미타주 미술관을 도는 동안 초연의 머릿속에서는 오랫동안 잊혔던 어떤 감정이 되살아났다. 학과 사무실의 넓은 창문과 그 너머 표트르 대제의 청동 기마상과 네바강의 풍경, 파스텔 분말을 뿌려놓은 듯 햇살을 등지고 있는 폴레노프 교수의 실루엣. 그 부드러운 선이 사무적으로 느껴지는 러시아어의 높임말과 섬세한 모순을 만들어냈다.

에르미타주 바깥으로 나왔을 때는 이미 다섯시가 넘었다. 초연은 다시 다리를 건넜다. 다리의 난간에 비스듬히 기대어 네바강을 사이에 두고 학과 사무실 창문을 바라보았다. 태양은 이미 기울어 창문에서는 원형의 반점까지 반사되고 있었다. 그렇다, 그것은 시선이나 눈길도 아닌 '응시'였다. 그때 초연은 "왜?"라고 물었고 현수는 "내가 너를 응시했으니까"라고 대답했다. 이 '응시'라는 단어는 돌 속에 생매장된 중생대 공룡의 화석 같았다. 초연은 상상 속의 화석을 손바닥에 올려놓고서 뚫어지라 바라보았다. '옛사랑의 추억'이라는 닳고 닳은 어구가 귓전을 때렸다. 어쩌면 한결같이 이렇게 통속적이고 범속한 단어 조합밖에 생각할 수 없는 걸까. 짜증이 날수록 걸음은 더 빨라져 어느새 그녀는 청우가 불과 십 분쯤 전에 서 있었던 버스 정류장에 다다랐다. 벤치에 앉아 담배를 피웠다. 담배 한 대가 다 타들어가도록 버스는 오지 않았다. 새 담배를 꺼내 불을 붙이자마자 희미한 7자가 보였다. 불을 붙인 것이 아까워 버스를 그냥 보내버렸다. 두번째 버스는 초연의 호흡과 일치했다. 초연은 때마침 불을 끌 때가 된 담배를 버리고 버스에 올랐다.

이미 기숙사 앞까지 온 다음 초연은 발걸음을 되돌려 공중전화기로 갔다. 초연은 머릿속에서 미리 문장 몇 개를 조합해놓고 다이얼을 눌렀다. 신호음이 떨어지고 곧바로 폴레노프 교수의 목소리가 들렸다. 차분한 목소리 주위로 피아노 소리가 울려 퍼졌다.

"전화 기다렸습니다."

교수의 대답에 초연은 공중전화기 앞에서 열심히 조립한 러시아어 문장들이 허공으로 분산되는 걸 느꼈다. 초연이 미리 준비한 '내일 제 그림을 봐주실 수 있겠습니까?'라는 말 대신 전혀 엉뚱한 질문이 튀어나왔다. 이런 경우 놀라운 것은 실수를 남발하면서도 어쨌든 하고 싶은 말을 하게 된다는 사실이다.

"왜 제가 오늘 전화할 거라고 생각하셨죠?"

"데생은 이미 준비되어 있었을 테니까요."

"그걸 어떻게 아셨죠?"

"외국 학생들은 처음에 그냥 오는 경우도 많지만 그래도 눈에 어떤 패기나 자신감 같은 것이 있거든요. 하지만 당신은 정반대더군요. 내일 볼 수 있을까요?"

"뭘요? 그림을요, 아니면 나를요?"

"둘 다."

이 말을 듣는 순간 초연의 혀끝에서는 '당신은 나를 응시했던 거죠?'라는 물음이 파닥거리고 있었다. 하지만 상대방의 눈을 보지 않고는 물어볼 수 없을 것 같았다.

"오전에는 잠을 자야 하니까 오후 느지막하게 집으로 오면 좋을 텐데."

초연은 공중전화 수화기를 귀와 어깨 사이에 걸친 채 그의 주소와 교통편을 받아 적었다.

지도교수 문제가 해결되면 남은 일은 비자 및 거주자 등록, 집 문제였다. 8월 말까지는 모스크바의 기숙사에 머물 수 있었다. 그래도 입학 전, 최대한 빨리 페테르부르크로 옮겨오는 것이 바람직했다. 다시 기숙사 생활을 하기는 죽기보다 싫었다.

*

한낮의 정점에서 약간 비켜선 태양 빛이 직선으로 뻗은 길 위로 드리워져 있었다. 자작나무 길을 지나자 판판한 아치처럼 생긴 우물형 통로가 나왔다. 초연은 곧 청우의 아파트 건물 안으로 들어갔다. 마침 엘리베이터가 덜커덩거리는 굉음을 내며 초연 앞에서 멈추어 섰다. 건강한 젊음이 넘쳐 나는 늘씬한 러시아 아가씨가 나왔다. 몹시 서두르는 와중에도, 우연히 엘리베이터 앞에서 마주친 낯선 이웃에게 짧은 눈인사를 건넸다. 초연은 엘리베이터 안으로 들어갔다. 8층, 벨을 누르자 약간은 홍분한 듯한 청우의 목소리가 들려왔다.

"누구세요?"

"저예요."

방금 안나를 배웅하고 약간 혼란스러운 상태였던 청우로서는 초연의 방문이 마냥 반가웠다. 청우는 커피를 내놓으며 아까 학교 앞에서 급하게 주고받은 말을 상기했다.

"그래, 성사되었습니까?"

"반쯤은 성사된 셈이죠. 교수가 우호적인 태도를 보였으니까요."

"아, 페테르부르크 대학에서 입학할 생각이었군요?"

"그림을 그려볼까 해요. 원래 국문학을 전공했는데 좀 놀다가 이리로 온 거예요. 서른이 다 돼서요."

서른을 말하며 초연은 약간의 자괴감이 깃든 웃음을 지었다.

"어학연수는 모스크바에서 했지만 그림은 여기서 공부하고 싶은데요"

"집 문제죠?"

"예, 물론, 생각이 바뀔 수도 있겠지만…… 청우 씨는 유학을 오래전부터 생각했었나요?"

"아무래도 전공이 러시아문학이니까요."

"어찌 보면 행운이네요. 나는 아무것도 계획대로 되지 않았어요. 그래서 나중에는 계획을 세우는 일 자체를 하지 않게 되었답니다."

"그것도 괜찮은 방법이군요. 뜻이 없으면 뜻대로 되는 일이 없는 일도 없을 테니까요."

그사이 청우는 아침에 해놓은 밥에 달걀과 소시지를 넣고 볶았다. 간만에 혼자가 아니라 둘이서 유쾌한 저녁 식사를 했다. 식사 후 차를 한 잔씩 마시고 둘이 함께 일몰 구경을 나갔다.

"처음에 초연 씨를 봤을 때는 너무 비인간적으로 보여서 죽이고 싶었어요. 여기서 비인간적이라 함은 잔인하다는 말이 아니라 자신의 내면을 전혀 드러내지 않는다는 것에 가까워요. 아니, 드러낼 것이 없달까. 간단히, 속에 아무것도 없는 거죠."

해안도로를 가로지르면서 청우가 말문을 열었다.

"이를테면?"

"나의 주인 노파 같은 인간이죠."

"청우 씨의 목표물이 그 노파겠군요."

"역시, 흔해빠진 시나리오였나 보군요."

"청우 씨는 죽이지 못할 거예요. 나름대로 무슨 이론을 세웠겠지만, 구체적인 동인이 없는 한, 이론은 그대로 사그라질걸요. 자살도 그렇고."

"저는 자살이라는 말이 떠오를 때마다 자살하지 말아야겠다고 생각했습니다. 저의 출생 자체가 치욕에 치욕을 덧붙인 셈이 되었죠."

"그건 무슨 형이상학적 차원에서……"

"반대로 아주 형이하학적 차원입니다. 어머니가 아버지의 정부였으니까 저는 일종의 사생아거든요."

"여기 또 한 편의 통속소설이 나오는군요."

"그런데 초연 씨는 왜 전공을 바꾸려고 하죠?"

"사실 석사 학위까지는 어떻게 받았지만 아버지가 몸도 안 좋으신데다가 동생들도 있고, 그리고 알아맞혀 봐요, 그다음 무슨 얘기가 나올지?"

"얼어 죽고 빌어먹을 사랑 타령이겠죠 뭐, 하하."

초연은 청우와 더불어 깔깔댔다. 그러느라 일몰의 절정도 놓치고 말았다.

"저런, 저기 좀 봐요, 해가 막 가라앉았군요."

"아깝네요. 맥주나 한 병 마십시다."

청우와 초연은 해안도로의 거리 주점으로 향했다. 맥주 두 병을 사서 각각 한 병씩을 들고 마셨다. 몇 시간 사이에 가을이 온 듯 바람이 쌀쌀해졌다.

"그 사람은 지금 한국에 있습니까?"

"예. 귀국한 지 일 년 반 정도 지났어요. 통신공학을 전공했는데, 지금은 회사 다녀요."

"결혼해도 됐겠는걸요?"

"글쎄, 사람 일이 뜻대로 안 되더라니까요. 그 사람이 독일로 떠난 다음 대학원에 진학했는데 공부가 재미없더라고요.

그때부터 아이들에게 논술을 좀 가르쳤어요. 떨어져 있은 지 사 년쯤 됐을 때 그 사람이 메일을 보내왔더라고요. 그렇게 일 년이 흘러갔고 그 사람이 새로 사귄 여자와 함께 돌아왔죠, 작년 10월에. 더 웃기게도 귀국하자마자 그 여자와 헤어졌어요. 겉보기엔 결혼하지 않을 이유가 전혀 없었는데도 말이죠."

초연은 맥주를 병째 들이켰다.

"저런, 여기도 통속소설 한 편 나오는군요. 아니, 왜죠?"

"그게 더 웃겨요. 나를 사랑하기 때문이라더군요. 그 사람과 그의 애인을 처음이자 마지막으로 만났을 때의 장면을 잊을 수가 없네요. 내가 그때 너무 추하고 옹졸한 모습을 보였기 때문에 그들을 한없이 증오하고 절대 용서할 수 없어요."

"상상이 안 가는군요. 초연 씨처럼 차분한 사람이……"

청우와 초연은 이미 비어버린 맥주병을 든 채 계속 걸어가고 있었다. 그들 주위로 꾸부정한 노파 한 명이 맴을 돌고 있었다. 초연은 영문을 모르겠다는 듯 청우를 쳐다보았다. 청우는 평소의 분위기와 달리 초롱초롱 빛나는 두 눈에 어린애 같은 호기심을 담은 초연의 표정이 마음에 들었다.

"맥주병 때문에 저러는 거예요. 얼른 줘버립시다."

아니나 다를까, 청우가 초연의 맥주병까지 합쳐 병 두 개를 쥐여주자 노파는 갖은 감사와 축복을 늘어놓으며 사라졌다.

"저 노파들, 저렇게 하루 종일 빈 병을 모아 팔아도 백 루블도 못 벌어요. 그래도 어떻게 먹고사는 거죠. 연금도 나올 테고."

청우가 한마디 덧붙였다.

그들은 다시 해안도로를 가로질렀다. 바람이 훨씬 더 쌀쌀해져서 몸이 절로 움츠러들었다. 주변의 남녀노소가 모두 이 연극무대의 필수 소품인 양 맥주병을 들고 있었다. 아주 희귀하게 보드카 병도 보였다.

"청우 씨는 사랑했기 때문에 용서할 수 없었다, 뭐 이런 거, 이해돼요?"

"이해고 뭐고 간에, 그런 문장을 진지하게 생각해본 적도 없습니다. 그저, 누군가를 죽도록 죽이고 싶지만 죽일 수 없기 때문에 죽도록 미워한 적은 있지만."

"그쪽이 훨씬 더 참신하군요."

건물과 건물 사이에 난, 바람이 거센 통로가 가까워질 무렵, 초연이 앞을 보면서 말했다.

"그 사람이 나를 배반했다는 사실보다 더 끔찍했던 것은 그게 아주 오래된 일이었다는 거, 그러니까, 이미 새로운 애인이 생긴 상태에서 한국으로 날아와 나를 예전과 하나도 다를 바 없이 대했다는 거였어요. 귀국 후에는 더 끔찍했죠. 그 여자를 만나면서도 나와의 끈을 끊지 않았으니까요. 동시성이라는 것에 생각해봤나요?"

"그건 상대성 이론의 한 부분쯤 됩니까? 거참, 경험이 없어서 그런지 머리가 다 아프군요."

청우의 아파트 쪽 길과 초연의 기숙사 쪽 길이 만나는 교차로에 이르렀다. 초연이 화제를 돌렸다.

"내일도 학교 가세요?"

"아니요. 오전에는 오늘 빌려 온 책을 좀 보고, 오후에는 중요한 약속이 있어요. 노파의 집을 방문할 계획입니다."

"그래요? 방값을 낼 때가 되었나요?"

"아니요, 병문안입니다."

"병문안을 빙자한 예비 탐사가 아니고요?"

"절대 아니올시다. 노파한테 피아노 레슨을 받는 러시아 여자가 같이 가거든요."

"아, 그럼, 다른 목적이 있는 거로군요."

"그것 역시도 절대 아니올시다. 그냥 우연히 그렇게 됐어요. 이 여대생이 노파 앞에서 재롱을 떨어보자고 조르기에 얼결에 승낙하고 만 거죠."

"주인 할머니가 편찮으신가요?"

"저승꽃 숫자를 세고 있지요, 말하자면. 물론 낯짝엔 저승꽃은커녕 흔한 주근깨 하나 없지만. 그나저나 초연 씨는 언제 모스크바로 돌아가십니까?"

"그건 내일 일이 해결된 뒤에 결정되겠죠. 교수를 다시 만나기로 했어요."

"큰 부담은 가질 필요 없습니다."

"부담이라뇨?"

초연은 갑자기 부끄러운 생각이 들어 고개를 반대편으로 돌리게 되었다.

"선물용 초콜릿이나 스웨덴 보드카라도 한 병 사 가면 좋지만, 지도교수로 확정된 것도 아니니까 그냥 마음 편히 갔다 와요."

"아, 그런 게 있었군요."

초연은 청우가 전혀 엉뚱한 말을 해준 것이 고마웠다. 뜻밖의 충고를 듣고 나니, 그녀 자신의 희뿌연 예감, 혹은 불안도 청우가 말한 방향으로 바뀌어버리는 것 같아 마음이 편해졌다.

오늘 저녁에 숙박계를 끊은 하룻밤 룸메이트는 이미 잠이 든 상태였다. 초연은 얼굴도 잘 안 보이는 생면부지의 룸메이트를 깨우지 않으려고 조용히 옷을 벗고 침대에 누웠다. 불면의 예감 때문에 벌써부터 살갗 밑에서 벌레가 기어 다니는 것 같은 가려움증이 느껴졌다. 자정이 다 됐는데도 애매하게 어둠침침하기만 했다. 불면의 밤이 길어질수록 불쾌한 기억의 고문 시간도 길어졌다. 몸속의 괴저는 멈출 생각을 하지 않았다.

청우, 안나, 노파

자정 무렵, 청우는 희끄무레한 백야의 빛을 받으며 책을 뒤적였다. 갑자기 안나가 두고 간 꽃이 생각났다. 통째로 유리병에 꽂았다. 줄기가 물을 빨아들이자 고꾸라졌던 꽃들은 금방 생명을 얻었다. 무명실로 묶어놓은 들장미, 라일락, 은방울꽃이 제각기 뿜어내는 향기가 아파트를 가득 채웠다. 담배 연기마저 슬어지는 듯했다.

"참 예쁜 애야."

자기도 모르게 이런 말이 튀어나왔다. 내일로 다가온 약속은 그저 죽음을 목전에 둔 어르신 앞에서 벌이는 재롱 잔치로 여겨졌다. 왜 그토록 터무니없는 몽상에 잠긴 걸까. 노파는 그에게 무슨 해를 끼친 것도 아니고, 인도주의적 관점에서 흥미를 끌 만한 암적인 존재도 아니다. 청우 자신도 무슨 고급한 이데올로기에 실존을 걸 정도로 형이상학적 욕망에 시달리는 사람이 아니다. 오랜 시간 고립과 칩거, 무위와 나태에 허덕이며 가족사를 핑계로 노파를 증오하는 척 굴다가 어느덧 '기획'의 실행을 목전에 두고 있다. 세상에, 아무 죄도 없고 자기와 별 상관도 없는 사람을 죽일 생각을 하다니! 게다가 철삿줄이라니, 듣도 보도 못한 상스러운 흉기였다!

청우는 피식 웃으며 책상 앞에 앉았다. 밤이 있었던 것 같지도 않은데 어느새 동이 터왔다. 날이 환하게 밝은 다음에야 잠이 들었다. 눈을 떴을 때는 또 정오가 훌쩍 지나 있었다. 청우는 인스턴트커피에 설탕과 크림을 같은 분량으로 섞고 뜨거운 물을 부은 다음 책상 앞에 앉았다. 잠들기 직전까지 읽던 책이 그대로 펼쳐져 있었다. 어제의 평온은 싹 사라지고 음험한 먹구름이 드리워졌다. 단 커피를 한 모금 마셨음에도 활자가 눈에 들어오지 않았다. 컴퓨터 앞으로 자리를 옮겼다. 천천히 부팅 작업을 끝내고 펼쳐진 파란 윈도 화면을 바라보다가 기계적으로 한글 문서 파일을 열었다. 문자열들은, 참 알밉게도, 청우의 시선을 쏙쏙 빠져나갔다. 샤워를 해야겠다고 생각했다.

욕조 안, 욕실 바닥으로 물이 튀지 않도록 커튼을 치다가 커튼에 끼워진 철삿줄이 눈에 들어왔다. 애써 무시하면서 몸을 씻었다. 다행히, 오늘도 더운물이 끊어지지 않았다. 그 덕분인지 몸을 닦자마자 주섬주섬 옷을 챙겨 입은 다음 책상이 아닌 침대로 가서 잠이 들어버렸다. 페테르부르크의 여름 햇살이 쏟아지는 가운데 꿈속에서는 유년 시절의 한 페이지가 펼쳐졌다.

……화창한 초여름 날, 기린 서너 마리가 조용히 서 있다. 다섯 살짜리 청우는 기린을 향해 새우깡을 던졌는데 기린들이 기뻐하지 않아 내심 서운하다. "기린은 초식동물이라고!" 옆에서 누나가 청우를 귀엽게 조롱한다. 어디선가 젊고 예쁜 엄마와 다정다감한 아빠가 나타난다. 얼룩덜룩한 반점이 찍힌 순한 표정의 기린들을 배경으로 한 가족사진 한 장이 카메라 위로 미끄러지듯 튀어나온다. 꿈의 바깥에서 청우는 환한 미소를 지으며 꿈속의 단란한 사진을 바라본다. 갑자기 카메라 뒤의 저 얼굴이 누구인지 궁금해진다. 어린 청우는 한 손에 사진을 든 채 카메라를 향해 달려간다. 아무리 달려도 거리는 좁혀지지 않는다. 청우는 그래도 숨을 헐떡이며 달리고 있다……

갑자기 초인종 소리가 들렸다. 청우는 여전히 눈을 감은 상태였다. 카메라가 치워지자 지금까지 감추어졌던 얼굴이 보였다. 아버지의 본부인, 삭막한 죽음의 기운으로 가득 찬 그 우아한 얼굴이었다. 청우는 눈을 번쩍 뜨고 전화기 옆에 벗어둔 안경을 꼈다. 안나의 목소리가 들렸다.

"설마 지금까지 자고 있었어? 아니면 낮잠? 잠깐 들어가도 돼?"

하지만 안나는 청우의 대답도 기다리지 않고 어느새 아파트 안으로 들어와 있었다. 한 손에 들고 있던 낡은 바구니는 부엌으로 가져가 식탁에 내려놓았다.

"오늘 오후에 동생이랑 교외에 나갔다 왔어. 산딸기가 제철이거든. 한번 먹어봐."

이 말이 끝나기가 무섭게 청우의 입안으로 산딸기 하나가 들어왔다. 신맛이 살짝 섞인 달콤한 싱그러운 맛이 낮잠의 흔적을 싹 지워버렸다. 부산스럽게 호들갑을 떠는 안나의 밝은 얼굴이 참 예뻐 보였다.

"카테리나 이바노브나한테 가져갈 건가?"

청우는 자기 입에 밴 '노파'라는 단어를 피하려고 일부러 이름과 부칭을 결합한 경칭을 썼다. 안나의 입에서는 그녀만의 친근한 용어가 나왔다.

"할망구 혼자 먹으면 얼마나 먹겠어? 냉장고에 넣어둔다?"

안나는 곧장 찬장 문을 열었다. 먼지가 뽀얗게 앉아 있었다. 안나는 미간을 찌푸리면서 찬장 안을 탐색하더니 반찬 통 하나를 꺼냈다.

"어휴, 해도 해도 너무한다."

혼잣말처럼 웅얼대며 서둘러 반찬 통을 씻고 산딸기를 담아서 냉장고에 넣었다. 꼭 이 일을 하러 청우의 집을 방문한 사람처럼 열과 성의를 다한 다음 눈 깜짝할 사이에 몸을 돌려 청우를 채근했다.

"그만 가자, 여섯시도 넘었어."

안나가 손을 잡는 순간, 청우는 흠칫했다. 전류라도 지나간 듯 손끝이 저릿했다.

"돌아올 때는 쌀쌀할지도 모르니까 겉옷 하나 챙겨."

안나의 말에 청우는 자기 몸을 살펴보았다. 면티에 청바지를 입고 있었다. 안나의 말대로 붙박이장에서 얇은 와이셔츠를 집었다. 안나는 청우의 몸동작 하나하나를, 엄마의 역할을 대신해주는 누나가 어린 동생을 대하듯 관심과 걱정이 깃든 시선으로 바라보고 있었다. 청우가 준비를 끝내자마자 다시 손을 잡았다. 청우는 다시, 전류가 손끝에서 시작되어 온몸으로 퍼지는 것을 느꼈다. 하지만 아까와는 달리, 안나도 왠지 어색했던지 슬그머니 손을 놓았다.

한여름 엘리베이터 안의 악취가 새삼스러웠다. 안나는 다소 가쁜 숨을 내쉬었고 그 박자에 맞추어 독특한 체취가 전해졌다. 청우는 앞을 보고 선 채 안나의 존재감에 절절매고 있었다. 운동화를 신었음에도 청우보다 별로 작지 않았다. 사선으로 보이는, 깊이 파인 앙가슴에는 땀방울이 맺혀 있었다. 안나의 몸에서 풍기는 강한 냄새에 자극과 도발이라는 낱말이 떠올랐다.

드디어 밖으로 나왔다. 저녁 시간이었지만 오늘따라 햇볕이 유난히 강했다. 안나는 자작나무 그늘이 끝날 때쯤 가방에서 챙이 넓은 모자를 꺼내 썼다.

"너는 모자도 없구나? 이 더운 날 어떻게 거리를 돌아다니지? 선글라스를 끼나?"

그러고 보니 한낮에 넵스키를 걸을 때면 모자든 선글라스든 사긴 사야겠다는 생각을 했던 듯도 하다.

"동생한테 낡은 모자가 하나 있는데, 너한테 맞을까 모르겠네. 녀석이 얼마 전에 선글라스를 하나 사더니 모자를 통 안 쓰더라고. 한번 가져와볼까?"

청우는 살다 살다 이렇게 오지랖이 넓은 아가씨도 처음이다 싶어 씩 웃음이 났다.

"너는 가뜩이나 얼굴빛이 검으니까…… 얼굴 자체는 예쁘게 생겼는데 말이야."

"예쁘다고?"

청우는 안나가 쓴 형용사를 한 번 더 반복했다.

"응, 예쁘고말고."

안나는 몸에 비하면 턱없이 작은 얼굴을 귀엽게 찌푸렸다. 청우는 웃음을 터뜨렸다. 서쪽으로 약간 기울어진 밝은 태양 아래, 자작나무 잎들이 산들바람에 팔랑거리며 노래를 불렀다. 세상은 이렇게 예쁜데, 자기만 온갖 콤플렉스로 똘똘 뭉친 못생긴 존재인 것 같았다. 언제나 사색에 잠긴 듯 음울하고 냉소적이고 무거운 표정을 짓는 것은 일종의 가면이었다. 그것이 어느 순간부터 청우의 얼굴과 몸에 찰싹 달라붙어 존재의 형식이 되어버렸다. 노파의 집이 가까워지고 기린 꿈이 되살아났다.

  ……기린들 앞 화목한 네 가족 앞에, 지금껏 카메라 뒤에 감추어져 있던 또 하나의 존재가 나타났다. 바람을 피운 유부남, 그의 본처와 시앗, 그들의 아들딸이 한자리에 모였다. 시내의 샤브샤브 전문점, 본처는 조용하고 침착했으며 시앗은 요란하고 초조해했다. 시앗은 반찬 그릇을 엎은 것으로도 성이 차지 않아 본처를 향해 집어 던졌다. 본처는 냅킨으로 얼굴과 목, 옷에 튄 소스를 닦아내고 조용히 자리를 떴다. 열은 푸른빛의 긴 치맛자락을 날리며 다시 돌아왔을 때는 원래와 마찬가지로 단아한 자태였다. 시앗은 본처의 이런 태도에 더욱더 열을 받아 히스테리를 부렸고, 바람을 피운 유부남이 그녀를 데리고 나갔다. 본처는 이 북새통에 엉엉 울고만 있던 시앗의 아들을 챙기며 계산까지 끝냈다. 어린 청우는 널찍하고 깨끗한 승용차 안에 몸을 싣고 있었다. 한없이 긴 시간이 지나자 그의 집이 나왔다. 본처는 직접 차에서 내려 청우의 머리를 쓰다듬으며 배웅해주었다. "다음에 또 보자." 몹시 예쁘고 착하고 점잖은 아줌마였다……

  안나는 아까처럼 스스럼없이 청우의 손을 잡더니 상점으로 이끌었다. 항상 그를 다독여주던 누나의 손길 같았다.

"할망구가 어린애처럼 체리 주스를 참 좋아한다? 1루블 있어?"

청우는 코페이카 몇 개를 긁어모아 안나에게 주었다. 매일 시커먼 홍차만 마실 것 같은 노파가 걸쭉하고 단 핏빛 주스를 마신다니, 늙은 흡혈귀가 따로 없었다. 체리 주스를 들고 해안도로로 나섰다.

"방학이면 친구들이랑 지하도나 지하철역 안에서 피아노를 쳐. 피아노가 있는 곳으로 가거나 키보드를 빌려 나가든가. 요즘은 더 많이 벌어. 동생들이랑 아침 일찍 교외로 나가서 꽃을 꺾거나 산딸기를 따 오거든."

청우는 그따위 일로 얼마나 버냐고 물어보려다 참았다. 문학 속에나 존재하는 줄 알았던 지독한 가난이 안나의 삶 속에 깊숙이 침투해 있었다.

"방학이라서 레슨 횟수를 늘릴까 했지만, 아무래도 돈이 급하거든."

안나가 레슨 얘기를 하자 청우는 갑자기 정신이 번쩍 들었다.

"지금은 일주일에 한 번인가?"

"아니, 이삼 주에 한 번. 보통은 금요일 저녁에 가. 할망구는 시계도 필요 없어. 그 자체로 메트로놈이야. '자, 오늘은 그만'이라고 말하고 시계를 보면 정확히 일곱시야. 그 자리에서 할망구에서 백 루블을 주고 나오지."

"레슨은 어떤 식으로 받아?"

하지만 청우의 진짜 관심사는 방세로 한 달에 백 달러나 버는 노파가 저렇게 가난한 여학생한테 시간당 백 루블의 돈을 뜯어간다는 사실이었다. 역시 노파는 악랄한 구두쇠임이 분명하다.

"내가 피아노 앞에서 연주하면 등을 돌린 채 뜨개질을 하셔. 마음에 안 드는 부분이 있어도 한 악장이 끝날 때까지 기다렸다가 지적해주시지. 할망구가 직접 피아노 앞에 앉을 때도 있지만 아주 드문 일이야. 청우야, 우리 저거 타야 해!"

안나는 청우의 손을 잡은 채 뛰기 시작했다. 아슬아슬하게 마을버스에 올라 자리를 잡고 요금을 냈다.

"휴, 웬만하면 걸어갈 텐데, 요즘 엄마가 몸이 안 좋으시거든. 동생들도 한창 바쁠 때라."

안나는 오른손으로 성호를 그었다. 안나의 눈에 그렁그렁 맺혔던 눈물방울이 마침내 툭 떨어졌다.

"우리도 항상 이렇게 힘든 건 아니었어. 소련이 붕괴하면서 아버지 사업이 망했거든. 아버지는 그때 돌아가셨고. 실은 동생 하나도 걸음마를 배우기 전에 죽었어. 모든 게 하느님의 뜻이지. 너를 알게 된 것도 그렇고. 저기 첫 골목 입구에서 세워주세요."

마지막 말은 기사에게 한 것이었다.

노파의 아파트가 보이자 청우의 머릿속에서는 다시 계획이 모락모락 피어올랐다. 금요일 일곱시 무렵. 안나가 오는 이 시간을 피해야 한다. 그럼, 목요일이나 토요일은 어떨까? 아니, 정반대로 금요일 대낮에 모든 일을 끝내는 건 어떨까? 어쨌든 안나라면 알뜰살뜰하게 사후 처리를 해줄 테니까.

"무슨 생각을 그렇게 골똘히 해?"

청우의 눈앞에서는 짙은 황갈색 머리칼이 이마를 살짝 덮은, 뽀얀 얼굴에 푸른 눈을 반짝이는 생명체 하나가 서 있었다. 조금씩 기우는 햇살을 배경으로, 느닷없이 그 생명체의 기운이 입술에 와 닿았다가 깔깔거림과 함께 옆으로 비켜났다. 너무 순식간에 일어난 일이라 시간이 좀 지나고서야 뽀뽀라는 단어를 떠올릴 수 있었다. 그사이 안나는 저만치 걸어가서 빨리 오라고 손짓했다. 얇은 민소매 티셔츠와 통이 넓은 면바지 속에서 한창 피어나는 건강한 몸이 산딸기 바구니와 함께 경쾌하게 찰랑거렸다. 동시에 노파의 무덤 같은 얼굴과 삭막하고 메마른 몸이 떠올랐다. 귓전을 때린 안나의 질문은 꼭 청우의 머릿속을 헤집고 나온 것 같았다.

"할망구는 가끔 대리석 같은 인상을 주잖아? 힘든 일을 너무 많이 겪어서 그럴 거야. 나도 동생이 죽었을 때 엄마를 봐서 아는데, 큰일을 겪고 나면 사람이 변하기도 하거든."

"우리말에는 부모가 죽으면 무덤에 묻고 자식이 죽으면 가슴에 묻는다는 표현이 있지."

"그래, 그런 거. 할망구 가슴속에는 소중한 것들이 너무 많이 묻혀 있는 거야."

이미 노파의 아파트가 있는 건물의 엘리베이터 안으로 들어온 뒤였다. 이번에도 안나의 겨드랑이나 몸 어딘가에서 암내가 풍겨왔다. 청우는 온몸이 후끈후끈 달아오르는 것을 느꼈다.

"아까, 불쾌했어?"

엘리베이터가 16층을 향하고 있을 때 안나가 불쑥 물었다. 청우는 어떻게 대답을 해야 할지 몰라 머뭇거리다가 간신히 한마디 내뱉었다.

"글쎄, 처음 있는 일이라……"

"정말?"

안나는 정말로 놀라워하면서 청우를 빤히 쳐다보았다. 청우는 얼굴이 홍당무처럼 빨개질 뿐, 아무 대답도 하지 못했다. 자신의 어수룩함과 숫기 없음에 자존심도 적잖이 상했다. 안나는 이런 곳엔 아랑곳하지 않고 아파트의 좁은 복도가, 아니 층계참이 떠나갈세라 깔깔거렸다.

*

"거기 누구요?"

"할머니, 저예요!"

열린 문 옆에서 노파는 안나와 그 옆에 서 있는 청우를 향해 무심한 시선을 던졌다.

"혼자 오기 심심해서 같이 왔어요. 청우도 오고 싶어 했고요."

노파는 아무 말 없이 뒤돌아섰다. 하얀 털이 감긴 몸에 검은 장갑을 씌워놓은 듯한 푸른 눈의 샴 고양이 한 마리가 집 안쪽에서 나와 청우와 안나 앞에서 한 바퀴 원을 그린 뒤 다시 집 안으로 들어갔다.

"할머니, 잠깐 들어가도 되죠?"

"당연하지. 네년이 언제는 물어보고 들어왔더냐. 부르지도 않았는데 와서는 제집인 양 앉아 있다가 참새 새끼처럼 날아가면서."

노파의 억양은 그야말로 '할망구'처럼 정답고 의뭉스러웠다. 노파의 돌아선 몸 뒤에서 은근한 반가움마저 배어 나와, 청우는 적잖이 놀랐다.

"할머니도 참, 무슨 말을 그리 섭섭하게 하세요? 그래도 맛있는 걸 먹으면 마음이 달라지실걸요."

안나는 체리 주스와 산딸기 바구니를 내밀었다. 노파는 그것을 받아 들고 부엌으로 가더니, 산딸기를 씻어 접시에 담고 흑빵 몇 쪽을 썰고 구멍이 뚫린 치즈 몇 조각을 내왔다. 체리 주스도 따서 컵 세 개에 나누어 부었다. 안나와 청우는 노파

옆에 나란히 앉았다. 노파는 옆 의자에 놓여 있는 뜨개질감을 들었다. 순식간에 분위기가 바뀌었다. 청우는 이 빠른 전환에 다시 한번 놀랐다. 그렇다면 방금 그 소박한 '할망구' 놀이는 일종의 발작이었단 말인가.

"몸은 좀 어떠세요?"

"죽음이 목전에 와 있지."

노파는 안나를 바라보지도 않고, 그렇다고 뜨개질감에 코를 박은 것도 아니고, 그저 물끄러미 안나와 청우가 앉아 있는 자리의 배경인 벽 어딘가 한 점을 무심하게 응시하고 있었다.

"할머니도 참, 이렇게 정정하신데. 이거 딸기요, 오늘 아침에 동생들이랑 숲에서 딴 건데 정말 맛있어요."

안나는 딸기 하나를 집어 노파에게 건넸다. 노파는 잠깐 뜨개질감에서 한 손을 떼고 딸기를 받아서 입안으로 가져갔다. 그와 동시에 다시 뜨개질을 시작했다. 도대체 딸기는 빠는지 씹는지 삼키는지 입 모양에 전혀 변화가 없었다.

"달군."

무덤덤하게 한마디 하긴 했지만, 때마침 코를 세야 하는 일종의 막간 휴식을 맞이했기 때문이었으리라. 노파는 입술을 달싹거리며 숫자를 웅얼거렸다. 하나, 둘, 셋, 넷…… 총 일흔다섯까지 갔다. 두 코씩 셌으니까 총 콧수는 150코였다. 청우는 자신이 이걸 알고 있다는 사실에 짜증이 났다.

"어머나, 이 녀석들 좀 봐."

갑자기 고양이 한 마리가 지금 막 안나의 무릎 위로 올라와서 앞발로 식탁 위의 치즈를 움켜쥐었다. 안나는 연신 고양이와 장난을 쳤다. 청우 앞에서는 음전한 대가댁 마님처럼 굴던 고양이가 안나 앞에서는 명랑한 장난꾸러기로 돌변했다. 청우는 녀석들이 무척 괘씸해졌다.

"푼칙, 순 욕심꾸러기잖아! 먹지도 않을 치즈는 왜 건드려, 응?"

노파는 벽 어딘가에 고정되어 있던 시선을 서서히 치즈로 옮겼지만 딱히 치즈를 보는 것도 아니었다. 급기야 청우가 폭발했다.

"카테리나 이바노브나, 저희가 폐를 끼치고 있다는 건 알지만 말입니다."

목소리가 어찌나 컸는지 청우 자신도, 안나도 놀랐다. 노파마저 치즈 근처 어디에 애매하게 고정된 시선을 청우에게로 돌릴 정도였다. 그토록 거창하게 서두를 열었건만 정작 어떻게 말을 이어가야 할지 알 수 없었다. '사람을 앞에 두고 이게 뭡니까? 우리가 저 치즈 조각보다 못하단 말씀입니까?'라는 뜻의 러시아어 문장이 머릿속에서 생성되고 있었으나, 한 마디도 튀어나오질 않았다.

"청우야, 네가 몰라서 그런데, 할머니도 우리가 와서 좋으실 거야, 그렇죠, 할머니?"

안나가 어떻게든 분위기를 바꾸어 보려고 애교를 떨었다.

청우는 안나가 왜 그토록 애써 노파를 '병문안'하려고 했는지 궁금해졌다. 저렇게 의자에 앉아 뜨개질감을 붙든 채 영원히 살 것 같은데 말이다.

"할머니, 언제 시간 나면 나랑 같이……"

노파는 아무 말이 없었다. 안나는 높게 솟은 코 때문에 음영의 대조가 더욱 두드러지는 조그만 얼굴을 찡그렸다.

"수술할 수 있다잖아요, 예? 돈도 얼마 안 들고……"

"됐다."

"카테리나 이바노브나!"

이름과 부칭을 함께 쓴 걸 보면 안나도 정말 화가 난 것 같았다. 놀랍게도, 노파의 얼굴에도 불쾌함이 역력하게 번졌다.

"내 목숨 내가 살리기 싫다는데 웬 말이 이렇게 많아!"

낮지만 완강한 한마디는 묵직한 추처럼 공기 중으로 떨어졌고 뒤따라온 혼잣말은 그 여운이었다.

"삶이 나를 위해 준비한 유일한 선물이 죽음인데, 그걸 거부하면 쓰나."

그리고 노파는 예의 그 색깔 없는 어조와 무미건조한 표정으로 돌아갔다. 푼칙은 치즈 장난을 좀 더 치다가 저쪽으로 사라졌다.

"이제 그만들 가봐, 난 이놈을 풀어야겠어."

노파의 이 선고에 안나는 더 이상 아무 말도 하지 못했다. 아파트를 나온 다음에야 노파가 몇 년 전에 무슨 암에 걸려 큰 수술을 받았고 지금 그것이 재발했다고 말했다. 무슨 암인 지는 청우가 모르는 단어였다.

"어차피 기대도 안 했어. 그래서 너한테 부탁을 한 거야. 혼자 가기가 싫었거든. 어떻든 한 번쯤 설득은 해봐야 내 마음이 편할 것 같더라고."

그러고서 안나는 갑자기 일부러 밝은 척 말을 이어갔다.

"뭐, 나중에 묘지에다 빨간 카네이션이나 두 송이 얹어둬야 겠다. 차이콥스키 무덤도 구경하고."

말은 이렇게 하면서 어린 소녀처럼 훌쩍거리는 안나가 청우는 가엾다 못해 한심했다.

청우와 안나는 전철역에서 헤어졌다. 안나는 서둘러 집으로 향했고, 청우는 마을버스를 타고 왔던 그 길을 걸어서 돌아갔다. 어찌나 천천히 걸었던지, 해안도로를 지날 때는 바다가 검푸른 색으로 변해 있었고 노을 역시도 검붉은 빛을 띠었다. 청우는 지난 금요일 초연과 함께 앉아 있었던 바위로 갔다. 일몰의 순간은 이미 지나버렸지만, 하릴없이 반석 위에 앉아 담배를 피웠다. 그리고 태양을 집어삼킨 시커멓고 푸르스름한 바닷물을 바라보았다. 그렇다, 삶이 노파를 위해 준비한 유일한 선물인 죽음을 미리 앞당겨주어야 한다. 이런 생각이 청우의 머리를 스치고 지나갔다.

열정 소나타 1악장

초연은 느지막하게 잠에서 깼다. 하룻밤 룸메이트는 벌써 나갔다. 커피 한 잔을 타놓고 담배를 입에 문 채 텅 빈 침대를 응시하며 가만히 앉아 있었다. 어제의 약속이 생각났다.

오 분 뒤 그녀는 목을 감싼 긴 검은 민소매 원피스를 입고 챙이 넓은 모자를 쓴 채 바실리옙스키 섬을 걷고 있었다. 눈두덩에다 적자색 섀도를 진하게 칠하고 속눈썹에는 마스카라를 두 겹, 세 겹으로 입히고 립스틱도 짙은 붉은색 계열로 발랐다. 가부키나 경극 배우의 분장 같았다.

이번에도 초연은 러시아국립박물관 앞, 푸시킨 동상 옆의 벤치에 앉아 스케치북을 꺼냈다. 한쪽 귀퉁이에 우뚝 솟은 동상 근처에 벤치들이 사각형으로 배치되어 있었다. 맥주병을 하나씩 들고 희희낙락거리는 젊은이들, 한여름에 두꺼운 스웨터로 중무장한 만년 부랑자들, 미술관을 돌고 나온 중년 남자와 그 옆에 웅크리고 앉아 있는 주인만큼이나 육중한 개…… 초연은 개의 푸른 눈에 음영을 넣은 다음 스케치북에서 눈을 뗐다. 오 분쯤 쪽빛 하늘과 짙은 녹음을 번갈아 바라본 다음 다시 그림을 봤다. 한국산 제도 샤프로 그려진 풍경화는 평온하고 섬세했다.

초연은 담배를 피웠다. 집채만 한 개가 자리에서 일어났다. 그 못지않게 큼직한 몸집의 주인도 같이 일어났다. 시계를 보았다. 벌써 다섯시였다. 초연은 담뱃불을 끄고 천천히 자리에서 일어나 넵스키 대로를 향해 걸었다. 산들바람이 불어왔다. 검은 원피스 자락이 나풀거리며 다리를 살짝 건드리고 감기는 감촉이 좋았다. 땀도 시원하게 증발하고 있었다.

넵스키 대로로 나온 초연 앞에, 스탈린이 죽은 1953년에도 이곳을 달렸을 법한 낡은 자동차 한 대가 다가왔다. 늙수그레한 남자였다. 초연은 주소를 보여주며 가격을 흥정했다. 남자는 마침 그쪽으로 가는 길이라며 흔쾌히 초연을 태웠다. 얼마 달리지 않아 모퉁이를 돌던 택시가 출렁하며 흔들렸다. 몸이 확 기울어졌다.

"괜찮아요? 헤헤, 차가 사실 좀 낡았다오."

늙수그레한 운전사가 염려를 내비쳤다.

"러시아에는 낡은 차들이 무척 많은 것 같아요."

"그래, 어디서 왔는지?"

"한국에서요."

"북한이요, 남한이요?"

"남한에서요."

"그럴 줄 알았소. 몇 년 전부터 이 동네에 북한 사람은 코빼기도 보이지 않게 되었거든. 사실 우리 마누라는 한때 북한에서 일했어요. 외교관이었거든요. 사십 년 가까이 같이 살았지, 하느님이 고인의 영혼을 지켜주시길."

"돌아가신 지 오래됐나요?"

"2년 3개월하고, 오늘이…… 잊어먹었군. 똑똑하고 착하고 예쁜 마누라였어요. 딸 하나와 아들 둘을 낳아주었지요. 딸은 젊었을 적부터 독일을 왔다 갔다 하더니 독일 남자와 결혼해서 아예 거기 살고요, 아들 둘은 모스크바에서 일해요. 물론 결혼도 하고 새끼들도 낳았지."

"그럼 혼자 사세요?"

"마누라 저세상 가고 계속 혼자 살다가 얼마 전에 짝을 하나 만났어요. 색시같이 젊은 사람이 보기엔 웬 중늙은이, 아니 상늙은이가 주책이다 싶겠지만, 막상 내 나이 되어보면 그게 또 그렇지 않거든. 연금도 나오겠다, 건강하겠다, 이렇게 운전해서 용돈도 벌겠다, 모든 게 다 하느님의 은총이야."

노인은 왼손을 운전대에 올려놓은 채 오른손으로 성호를

그었다. 초연은 성스러운 여운이 아직도 남아 있는 듯한 노인의 가슴팍을 쳐다보았다. 소비에트 시대 내내 마음속의 신앙을 억눌러왔을 텐데, 손가락의 움직임이 참 소박하고도 자연스러웠다.

"색시, 저기 회색 건물만 지나면 돼요."

시곗바늘은 여섯시 근처까지 와 있었다. 택시에서 내리는 초연을 향해 노인이 한마디 덧붙였다.

"이봐요, 색시, 건강 조심하시오. 그게 부모 위하는 길이야."

초연은 지금쯤 시골에 일손이 많이 달릴 것이라는 생각을 잠깐 했다.

*

초연은 쪽지를 보며 굳게 닫힌 아파트 입구의 철문 옆에 붙은 번호판의 숫자를 또박또박 눌렀다. 곧 두툼한 철문이 열렸다. 좁고 짧은 계단을 올라가자 층계참의 엘리베이터를 문짝 두 개가 막고 있었다. 손잡이를 잡아당겨 수동으로 문을 여는, 완전히 소비에트식 엘리베이터였다.

6층, 초인종을 누르기도 전에 문이 열렸다. 폴레노프 교수는 실밥이 너덜거리는 짙은 카키색 바지에 그보다 좀 옅은 카키색 티셔츠를 입고 있었다. 앞치마뿐만 아니라 옷 군데군데 유화 물감이 묻어 있었다. 그리고 이마며, 목덜미며, 팔뚝이며 할 것 없이 온몸에 땀이 번들거렸다.

"들어와요. 생각보다 늦었군요."

"죄송해요. 이렇게 먼 줄 몰랐어요."

초연은 교수의 아파트, 아니 작업실을 둘러보았다. 그녀는 협소하고 갑갑한 공간이 인간의 최소한의 존엄성마저 말살한다는 사실을 잘 알았다. 항상 공간의 확장을 꿈꾸어왔기에, 이곳이 낙원처럼 보였다.

"좀 지저분하긴 한데, 이쪽으로 앉으시고. 커피, 차, 아니면 주스가 좀 있을 텐데, 뭐가 좋을까요?"

"커피요."

"설탕, 크림은?"

"전부 다 한 숟가락씩요."

초연은 화구가 널브러진 책상에서 멀찍이 떨어진 곳에 있는 의자를 끌어다가 앉았다. 널찍한 소파 하나는 한쪽 구석으로 치워져 있었다. 작업하다가 새우잠 자기에 알맞은 모양새였다. 아무래도 가정의 냄새는 풍기지 않았다. 또 한 가지, 교수가 사라진 뒤에야 비로소 초연은 언제부터인가 교수가 말을 놓았음을 인지했다. 러시아어를 갓 배운 외국인이 동사의 어미 변화만으로 경어법을 잡아내기란 쉽지 않았다.

교수는 커피 두 잔을 양손에 들고 나타났다. 초연은 이 작업실을 자주 방문한 사람처럼 화구를 옆으로 밀었다. 교수는 커피잔을 내려놓고는 다시 부엌으로 갔다. 이번에는 좀 낡은 쟁반에 먹기 좋게 썬 빵 네 조각과 햄, 치즈를 담아 왔다.

"먼 길을 오시느라 시장하실 듯해서. 데생은 물론 가져왔을 테고?"

"예, 여기."

초연은 가방을 열었다. 희망이라는 괴물이 생겨버렸기 때문인지 적잖이 긴장되었다. 두루마리 모양으로 감은 큰 포맷의 그림 석 점과 스케치북이 교수의 손에 들어가자 초연의 몸이 바람 맞는 사시나무처럼 떨렸다. 초연은 마른침을 삼킨 뒤 조심스럽게 커피 한 모금을 마셨다. 교수는 큰 포맷의 데생을 먼저 보았다. 큰 평면 위에 존재하는 것이라곤 섬세한 차이를 두고 아래에서부터 위로, 점차 짙어져가는 선이 만들어 면밖에 없었다. 또 하나는 줄리앙을 그린 것이었고, 다른 하나는 한 인간이 혈관이 모조리 다 터져버린 손으로 자신의 얼굴 가죽을 뜯어내는 장면을 그린 것이었다. 초연은 극도로 공손하게 질문 하나를 작문했다.

"니콜라이 빅토로비치, 담배를 피워도……?"

"물론이지. 단, 그렇게 이름과 부칭을 합쳐서 부르는 건 별로야."

교수는 진지하게 스케치북을 넘겼다. 금발에 가까운 옅은 아마빛 머리칼이 햇빛을 받아 투명한 듯 반짝였다. 회청색 눈은 그림을 향해 내리깔렸고 칼날처럼 오뚝 솟은 코와 쌍꺼풀이 깊게 진 두 눈 주위로는 깊은 음영이 드리워졌다. 집중한 탓인지, 얇고 가는 입술은 꼭 다물어져 있었다. 초연의 시선이 그의 얼굴에서 손가락으로 향했다. 평생 허드렛일을 해본 적이 없는 여성의 손을 연상시켰다. 아름답고 섬세한 곡선이었다. 약지에 노란 실반지 하나만 끼워준다면, 그리고 피부색이 조금 짙다면 현수의 손 그대로였다.

"이건……"

갑자기 교수가 무슨 말을 꺼내려다가 입을 다물었다. 그제야 초연은 정신이 번쩍 들었다. 화장품으로 장난을 친 그림을 그대로 둔 것이다. 이제는 새도 분말도 다 날아가고 립스틱도 번져버렸을 것이다. 교수는 지금까지와 비슷한 속도로 진지하게 나머지 그림을 훑어보았다. 마침내 그가 스케치북을 덮었고 담배에 불을 붙였다.

"당신은 이 막다른 골목을 어떻게든 뚫으려고 할 테지. 내가 도움이 될 수 있으면 좋겠어."

교수가 담배 연기를 내뿜고 커피를 한 모금 마시자 초연도 긴장이 풀렸다. 그들은 담배를 끄기가 무섭게 식사에 돌입했다. 초연이 빵 위에 치즈를 얹어 게걸스럽게 먹자 교수는 약간 놀랐다는 듯 물었다.

"한국인이 러시아 치즈를 좋아할 줄 몰랐는걸."

"러시아 와서 처음 먹어본 거예요, 맛있던걸요. 어릴 때 「톰과 제리」라는 만화 영화를 좋아했어요. 집에 텔레비전이 없어서 옆집에서 봤지만, 아무튼 제리가 먹는 음식을 보면서

참 얄궂다고 생각했어요. 그런데 어느 날 구멍 뚫린 덩어리 치즈가 음식으로 보였어요. 96년 봄인가 그랬죠, 아마."

니콜라이는 짧은 순간 표정이 약간 달라졌다. 초연은 더 이상 치즈 맛을 느끼지 못했다. 석사 과정에 입학하고 현수가 독일 유학 생활을 막 시작한 즈음, 녹음이 한창 우거지던 5월 짧은 엽서를 받았다. 요즘은 구멍이 숭숭 뚫린 치즈에 푹 빠져서 네 생각도 안 날 정도라는 유쾌한 농담이 담긴 엽서였다. "어떤 건지 감이 잘 안 오지? 제리가 먹던 거 말이야." 이 평범한 문장이 기억 속에 선명하게 남아 있었다.

"96년 가을에 알료샤가 음대에 들어갔지."

"아들이 있었군요."

초연은 잠에서 깨어난 사람처럼 말했다.

"아들이 있었고 지금도 있지. 녀석, 나를 워낙 싫어해서, 하하, 철이 들자마자 모스크바로 떠났어. 아주 멋있는 녀석이야. 훌리건이라는 단어 알아?"

"그럼 사모님은?"

초연은 조심스럽게 물어보았다.

"삼 년 정도 살다가 이혼하고 알료샤는 내가 키웠어. 타냐는 다른 사람과 결혼한 지 오래야. 큼직하고 살집이 두둑한 멋진 여자였는데."

"부인을 사랑하셨던가요?"

"하하, 사랑했으니 결혼했지. 스무 살도 채 되지 않았으니

더더욱. 사랑이라면 얼마든지 할 수 있는 나이지만 가정을 꾸리기엔 혈기가 너무 왕성했다고 할까. 게다가 아들 녀석이 나를 닮아 성질도 괴팍하고, 무엇보다도 연기력이 뛰어나단 말이야. 내 앞에서는 주로 세상의 모든 고뇌와 번민을 품은 사람의 역할을 연기하지. 항상 인상을 팍 구기고 입을 꾹 다물고 있어. 바이런적 비애라나. 그런데 이름 한 번만 더 말해줄래?"

초연은 또박또박 자기 이름을 발음해주었다.

"그래, 초연 씨. 명색이 교수라는 놈이 갑자기 사생활이나 늘어놓고 있으니, 어처구니없을 거야, 하하."

니콜라이는 이내 웃음을 그치고 자리에서 일어났다.

"초연 씨도 일어나지."

말은 꼭 쫓아내는 것 같았지만, 초연의 얼굴을 내려보는 교수의 시선은 지난번보다 더 강렬한 응시였다. 니콜라이는 두 손으로 초연의 어깨를 잡더니 그 섬세한 손가락에 조금씩 힘을 주었다. 초연은 자기도 모르게 얼굴이 확 달아올랐고 신경세포 하나하나가 떨리는 것이 느껴졌다. 타인의 접촉에 몸이 이렇게 반응을 보이는 것이 참 오랜만이었다.

폰탄카 강변에는 똥이 많다

안나와 함께 노파를 만나고 온 이후 청우는 라디오 채널을 고정해놓고 방 안을 여기저기 오갔다. 그러다가 새 지저귀는 소리가 들릴 무렵 힘들게 잠이 들긴 했다. 도중에 눈이 몇 번 떠졌음에도 절찬리에 진행 중인 꿈들을 몽타주 형식으로나마 어떻게든 재구성해보았다. 그렇게 한두 시간을 더 잤지만 꿈도 연결이 잘 안 되고 햇볕도 너무 따갑고 방 안 공기도 너무 더워졌다. 눈을 뜨지 않을 수 없었다.

오후 네시 무렵, 거리로 나서자 뜨거운 뙤약볕이 청우를 맞이했다. 페테르부르크의 여름 날씨답지 않게 습도마저 높았다. 몇 발짝 떼기가 무섭게 청바지와 면티가 땀으로 젖었다. 선크림을 바르지 않은 얼굴과 팔뚝이 벌겋게 익으며 타들어가는 듯했다. 자작나무 숲이 잠깐씩 구원의 그늘이 되어주었지만, 대체로 바람 한 점 불지 않는 후끈한 용광로 속을 걷는 기분이었다. 상점에서 파는 찬 음료는 맥주밖에 없었다. 첫 모금에 갈증이 싹 가셨다. 하지만 알코올이 몸으로 퍼지면서 아까보다 더 후끈해졌다.

청우는 해안도로를 향해 천천히 걸어갔다. 한없이 처지는 발걸음을 떼놓을 때마다 안나의 얼굴이 어른거렸다. 조그만 노점이 눈에 뜨였다. 미지근한 광천수 한 병과 오렌지를 샀다. 청우는 어느새 온수가 된 광천수를 벌컥벌컥 마셨다. 걷기조차 힘들 만큼 피로감이 몰려왔다. 이제라도 걸음을 돌리고 싶은 마음이 굴뚝같았다. 청우는 건물의 나지막하고 긴 돌계단에 앉았다. 하루 종일 태양열을 받아둔 돌에 엉덩이가 지글거리는 느낌이었다. 그렇게 청바지를 적신 땀을 말리며 한여름의 뜨거운 열기 속에서 담배를 피우고 오렌지를 까먹었다. 그리고 물 몇 모금으로 목을 축이면서 다시 터벅터벅 걸어갔다.

노파의 아파트 건물 앞, 건장한 러시아 남자가 독한 암내를 풍기며 엘리베이터를 향해 걸어왔다. 밤색 머리에 짙은 갈색 눈이 영롱하게 빛났다. 그는 청우를 힐끔 훔쳐본 다음 버튼을 눌렀다. 1층에 서 있던 엘리베이터의 문이 바로 열렸다. 러시아 남자는 엘리베이터 안으로 들어가면서 말했다.

"이렇게 타면 되는 거요. 안 들어오고 뭐 해요?"

그의 미소는 거칠지만 순박하고 아름다웠다. 그 친절에 화답하듯 청우는 엘리베이터 안으로 들어갔다.

"몇 층까지 가십니까?"

"8층입니다."

청우는 자기도 모르게 거짓말을 했다.

"내가 나가면 문이 닫힐 텐데, 그때 여기 8을 눌러요."

러시아 남자는 '8'이라는 숫자가 말끔히 지워진 투박한 플라스틱 버튼을 가리켰다.

남자는 엘리베이터에서 내린 다음에도 어리바리한 동양인 청년이 숫자 버튼을 누르고 문이 닫히는 것을 확인할 때까지 그 자리에 서 있었다.

8층, 청우는 문이 저절로 닫히길 기다렸다가 16층을 눌렀다. 이어 노파 아파트의 초인종을 눌렀다. 아무 소리도 들리지 않았다. 잠시 기다렸다가 다시 눌렀다. 인기척도 없었다. '벌써 죽었나? 역시 빌어먹을 노파군!' 이렇게 짜증을 북돋우면서도 노파와 마주치지 않아도 돼서 기분이 좋았다. 초인종을 한 번 더 눌러보았으나 똑같았다. 청우는 계단을 이용해 1층까지 내려왔다. 건물을 나올 때는 웃었다. 웃는 자신의 모습이 좋았다.

＊

　전철은 '고스틴니 드보르'역으로 달리고 있었다. 청우는 객차 안에서 나와 출구 쪽으로 걸어갔다. 제 갈 길이 바쁜 사람들이 봇물 터지듯 넘쳐 났다. 그는 온 힘을 탕진한 사람처럼 비틀거리다가 물컹물컹한 생명체에 탁 부딪혔다.

　"젊은 놈이 대낮부터 술을 처먹고 지랄이야, 하여간 중국놈들이란."

　피부색이 까무잡잡한 남자는 '중국 놈'을 거칠게 밀쳐냈다. 청우는 머리가 어지럽고 입안도 바싹바싹 타들어가는 와중에 '바퀴벌레 같은 놈' 운운하는 남자의 욕설을 마저 들었다.

　"청우! 너 괜찮아?"

　'아/야'라는 호격 조사가 빠진 채 이름 두 자만 허공을 떠돌았다. 청우와 부딪친 그 뚱뚱한 캅카스 남자 뒤에서 안나가 나타났다.

　"그냥 좀 어지러워서."

　청우는 간신히 몸을 추스르며 말했다.

　"날씨가 더워서 그럴 거야. 이거 좀 마셔봐."

　안나는 가방 위로 빠끔히 나와 있는 물병을 꺼냈다. 청우는 잽싸게 물병을 받아 쥐고 몇 모금을 벌컥벌컥 들이켰다.

　"이렇게 더운 날 밖에 나오면서 물도 안 챙겼어? 어디 가는 길이었어?"

"그냥 산책이나 좀 할까 해서……"

"그럼 우리 집에 가지 않을래?"

안나의 집은 여기서 전철을 갈아타고 한 정거장만 가면 되었다. '센나야 광장'이라면 역명은 익히 알고 있었다. 알량한 고집 때문에 반드시 논문 초고를 잡은 다음에 가보리라고 벼르던 중이었다.

"설마 센나야 광장에 사는 건 아니겠지?"

안나는 의아스럽다는 듯 청우의 얼굴을 쳐다보더니 갑자기 커다란 웃음을 터뜨렸다.

"하하하, 지금은 21세기야. 건물이 많이 들어서서 이제는 광장도 아니야. 우리 집은 '사도바야 거리'에 있어. 이리로 가면 돼."

안나는 어느새 청우의 손을 잡고 있었다. 여전히 덥고 햇볕도 따가웠다. 챙이 넓은 하얀 모자를 쓴 안나의 옆모습이 몹시 예뻤다.

"'폰탄카'는 이쪽이던가?"

청우의 질문에 안나는 다시 의아스럽다는 표정을 지었다.

"오늘따라 질문이 많네? 폰탄카는 저쪽으로 좀 많이 걸어가야 해. 어릴 때는 동생들이랑 물놀이도 자주 하던 곳이야. 하지만 지금은 물도 많이 더러워졌고 개똥도 너무 많아."

"선배 하나가 전에 거기 살았는데, 귀국하면서 나한테 그 집을 권하더라고."

청우는 센나야 역 근처와 폰탄카 강변 지역이 이른바 슬럼가라는 얘기를 들었다고는 말하지 않았다. 대신 안나가 그곳에 산다는 사실을 곱씹었다. 산들바람이 일면서 안나의 몸에서 러시아인 특유의 냄새가 훅 끼쳤다. 이번에도 전혀 불쾌하지 않았다.

"거의 다 왔어."

우물형 통로를 벗어나자 벽의 회칠이 거의 다 벗겨진 낡은 건물의 정면이 보였다. 그나마 하얀 페인트가 남아 있는 창턱 곳곳에 빨간 제라늄 화분이 놓여 있었다. 너무 더워 창문을 열어놓은 탓에 무척 시끄러웠다. 어쩌다 바람이 불면 초라한 커튼 자락이 거리 쪽으로 날렸다. 길바닥에는 맥주병이나 그 파편들이 널브러져 있었다. 대낮인데도 술 냄새를 풍기며 비틀거리는 사람이 많았다. 아파트 주변에는 아이들이 허름한 옷을 대충 걸친 채, 더러 거의 알몸으로 세상 즐겁게 뛰놀고 있었다. 설령 이것이 슬럼가라고 할지라도 할리우드 영화에서 봐온 풍경과는 전혀 달랐다. 차라리 빛바랜 문고판으로 러시아의 고전 소설을 읽으며 상상한 가난, 먼지, 소음, 악취, 땀, 술, 아이 등을 담은 한 편의 풍경화였다.

"청우, 뭘 그리 넋 놓고 보는 거야?"

"그냥. 건물들이 어디서 본 것 같은 느낌이 들어서."

"사실 이곳은 시간이 완전히 멈춘 상태야. 페인트칠만 해도 좀 달라지겠지만 다들 그만한 돈이 없을걸. 아니, 이놈의 우물형 구조를 바꾸지 않는 이상 아무것도 달라지지 않을 거야."

안나에게서 이렇게 싸늘한 표정을 본 것이 처음이었다. 청우의 손도 놓은 상태였다.

"아빠가 돌아가신 뒤에도 집만은 간신히 건졌어. 누추하지만 난 이곳이 좋아. 어릴 때부터 저렇게 덜렁거리는 회칠을 보고 자라서인지, 새 아파트 건물을 보면 기분이 이상해."

"아냐(이건 안나의 애칭이었다), 너니?"

갑자기 위쪽에서 여자의 목소리가 들려왔다.

"우리 엄마야, 어서 가자."

안나는 조금 전의 냉소적인 표정은 온데간데없이 청우의 손을 잡고 물 찬 제비처럼 뛰었다.

나무 엘리베이터의 구석에 빈 맥주병 서너 개와 값싼 보드카 병 두어 개가 보이고 바닥에는 찌그러진 담뱃갑이며 감자칩 봉지며 초콜릿 포장지가 뒹굴고 있었다. 천장에 달린 백열등은 먼지를 두세 겹 뒤집어쓴 탓에 빛을 발하지 못하는 듯했다. 습하고 찝찝한 공간이었다.

"어쨌든 11층까지 걸어갈 순 없잖아? 살 뺄 생각은 없다고."

조용히 엘리베이터 안을 살피는 시선을 어느새 읽었는지 안나는 청우의 손을 더 세게 쥐고 생긋 웃었다. 안나의 손의 감촉이 또렷이 느껴졌다. 가늘고 여윈 손가락이었다.

안나의 어머니, 즉 소피야 알렉산드로브나는 어릴 때부터

부지런이 몸에 밴 탓인지 한시도 두 손을 가만두지 않았다. 건강이 회복된 지금은 집안일은 물론, 틈틈이 코바늘로 모자나 숄을 떠서 주로 관광객을 상대로 팔았다. 안나가 지나가는 말로 한국인 남자를 알게 되었다고 했을 때부터 엄마로서 어떤 직감이 있었다. 그녀는 아파트 문을 열어놓고 이제 막 그릴에서 꺼낸 통닭을 식히고 있었다.

청우는 막연히, 너무 마르고 비루하거나 아니면 정반대로 몸이 완전히 불어버린 중년 여자를 만나리라고 생각했다. 하지만 소피야 알렉산드로브나는 상당히 날씬했을뿐더러 얼굴이나 목덜미, 팔의 살결도 아름다웠다. 무엇보다도 안나와 마찬가지로, 지독한 가난과 오랜 노동, 자존심에 치여 형편없이 망가진 얼굴 대신 믿음과 희망이 가득한 밝은 얼굴이었다.

"엄마!"

안나는 엄마를 껴안고 뺨에 뽀뽀했다.

"또 청소했어요? 내가 한다니까. 우리 엄마가 이래, 지저분한 건 잠시도 못 참거든."

안나의 낡은 아파트는 네 명이 살기에는 턱없이 비좁았지만 아주 깨끗했다. 카펫도 방금 청소한 것 같았다. 거실에는 낡은 무광택의 검은 '붉은 시월' 피아노 한 대와 책장이 있었다. 맞은편에는 침대 두 개가 나란히 놓여 있었다. 그러니까 말이 거실이지 큰 방인 셈이었다. 문에서 오른쪽으로 방 하나가 더 있었다. 안나는 동생들이 쓰는 방이라고 일러주었다.

어지간한 중소기업 회장의 사생아로 비교적 곱게 자란 청우는 머릿속으로 '비인간적'이라는 단어가 떠오르는 것을 어찌할 수 없었다. 설사 이런 생각이야말로 '비인간적'이라는 걸 모르지 않았음에도 말이다. 더 놀라운 것은 네 식구가 이 좁은 공간에서 사생활을 박탈당한 채 짐승처럼 살고 있음에도 곳곳에서 애정과 활기가 배어 나온다는 점이었다. 이빨 빠진 접시, 밑바닥이 새까맣게 그을린 우그러진 냄비에서조차 말이다.

"세료쟈와 미샤는 늦는단다. 어서 들어와요."

소피야는 청우를 부엌 겸 식당으로 데려갔다. 한동안 제대로 차려진 식탁을 보지 못한 터라 군침이 돌았다.

"닭고기를 얼마 만에 먹어보는지 모르겠습니다."

"어휴, 사다가 해 먹지 않고?"

게걸스럽게 닭고기와 마카로니를 먹고 있던 안나가 말을 꺼냈다.

"그게 혼자 살다 보니, 여간해서는 잘……"

"쯧쯧, 그러니 이렇게 말랐지. 부모님이 보시면…… 나도 우리 아냐가 너무 말라서 여간 걱정이 아니에요. 여자는 좀 통통해야 하는데, 안 그래요? 그나저나 남자란 한눈 안 팔고 제 마누라 위할 줄 알고 자식들에 대한 책임감이 있어야 하는데, 요즘 우리나라 남자들은 도대체 책임감이 없어요, 책임감이."

"엄마는 또 그 얘기야. 요즘 우리 엄마의 화두가 결혼이거든. 신경 쓰지 마."

안나가 이렇게 만류했음에도, 소피야는 여전히 결혼 얘기며 자식들 얘기를 하느라 정신이 없었다. 청우는 자기 어머니도 다른 사람들 앞에서 저럴까 잠시 궁금해졌다.

"어쩔래, 바로 집으로 갈래, 아니면, 폰탄카 들러볼래?"

밖으로 나온 다음 안나가 물었다. 아홉시가 다 되었음에도 밖이 훤했다. 그래도 후텁지근한 기운은 사라졌다.

"한번 가보지 뭐, 다시 오기 힘들 테니까."

청우는 무심코 뒷말을 내뱉었다.

"아까 엄마가 한 말, 정말로 신경 쓰지 마. 좀 수다스럽고 사람에 대해 거리낌이 없는 성격이라…… 한마디로, 나랑 똑같아, 하하."

안나는 웃으면서도 자신의 말과 행동을 곱씹는 중이었다. 어쨌든 청우에게 입맞춤을 한 건 그녀 자신이었고 청우의 손을 잡은 것도 그랬다. 학창 시절부터 남학생들과 허물없이 어울려왔기 때문에 별다른 스스럼없이 한 일이었다. 그런데도 "다시 오기 힘들 테니까"라는 말을 듣는 순간 몸에 힘이 쑥 빠지는 것 같았다. 아파트 하나를 혼자 쓸 만큼 부유한 동양인 남자에게 자기 집을 보여준 것도 좀 후회스러웠다.

"이게 폰탄카 강이야."

"뭐? 너무 작은데? 시냇물이나 개천 같다."

한강이나 낙동강을 보고 자란 한국인의 눈에는 네바강도 보잘것없는데, 그 지류인 폰탄카는 강이랄 수도 없었다.

"야, 조심해, 청우!"

하지만 이미 늦었다. 청우는 발밑에 뭔가 물컹한 것이 밟히는 걸 감지했다. 발을 들어보니 개똥이었다.

"내가 여기에 개똥이 많다는 얘기 안 했던가?"

"하하하, 아니, 생각나. 저것도 개똥인가?"

청우는 자기가 선 곳에서 그다지 멀리 떨어지지 않은 곳에 소복이 쌓여 있는 물질을 가리켰다.

"이렇게 눈이 밝은 신사분이 어쩌다가 막 태어난 개똥을 밟았을까, 거참."

안나는 금세 기분이 바뀌어 깔깔거렸다. 청우는 풀밭에 신발 바닥을 비비면서 안나와 함께 웃었다.

"한국 사람들도 개 많이 키워?"

"고양이보다는 좋아들 하지."

"맞아, 어디선가 들은 거 같아. 동양인들은 고양이를 몹시 싫어한다며?"

"싫어한다기보다 꺼리는 것 같아. 영물이라고 생각하니까. 심지어 몽골 사람들은 고양이가 주인의 죽음을 바라는 존재이기 때문에 한집 안에서 살 수 없다고 생각한대."

"에이, 정말 미신이네. 우리 집에는 원래 조그만 러시안 블루가 있었거든? 털 색깔이 짙은 회색인데도 이상하게 푸른빛이 감돌았어. 치매로 고생하다가 얼마 전에 죽어서, 옆집 고양이를 기다리고 있어. 엄마가 샴 고양이인데 새끼들은 모양새가 다를 거야. 아버지가 누구인지는 아무도 모르니까."

"말하자면, 옆집의 암고양이가 어디 길바닥의 도둑고양이랑 붙어버렸다는 소리군."

청우는 갑자기 냉소적이고 음울한 어조로 바뀌었다. 노파의 그 기분 나쁜 고양이들이 생각났다.

"무슨 말을 그렇게 하니?"

"왜, 천박한가?"

"아니, 그 단어를 쓸 생각은 아니었어. 동물이 때가 돼 사랑하고 새끼 낳는 게 하느님의 섭리고 자연의 이치인데, 네가 너무…… 기분이 상했다면, 용서해줘."

안나는 자신이 뭘 잘못한 게 아닌가 싶어 조심스럽게 변명을 했다. 순간 청우는 항상 죄스러워하며 주눅이 들던 누나의 얼굴을 보았다. 그는 더욱더 약이 올라서 더 매몰차게 굴었다.

"별일도 아닌 걸 갖고 왜 그래? 발정 난 암수 고양이가 그짓을 했든 말든 내가 신경을 곤두세우든 말든 너랑 무슨 상관이야? 자, 그만 헤어지자. 전철역까지 바래다줄 필요 없어."

"너, 왜 이러니, 응? 내가 뭘 잘못한 거야?"

"도대체 그놈의 잘못이라는 표현 좀 안 쓰면 안 돼? 잘못은 내가 했는데, 네가 왜 난리야? 네가 그렇게 잘났어? 그래봐야, 가족들 뒤치다꺼리나 하는 부엌데기 주제에, 기껏해야 어디 전철역 같은 데서 피아노 친답시고 구걸이나 하는 주제에 괜히 혼자 관대하고 고고한 척 굴지 말라고!"

청우는 일부러 과격한 말을 쏟아내면서 안나가 따귀라도 갈겨주길 바랐다. 제발 누나처럼 가만히 있거나 눈물을 쏟지 말고, 어머니처럼 자기를 사정없이 두들겨 패길 말이다. 하지만 안나는 소스라치게 놀란 표정을 지으며 가만히 서 있다가 느닷없이 청우를 껴안았다. 그는 조용히 안나를 밀어냈다.

"됐어, 그만해. 어린애처럼 울면 누가 감동할 줄 알아? 분명히 말해두지만, 이따위 동정은 필요 없어. 하긴, 앞으로 볼 일도 없을 테지만. 잘 가."

청우는 그러고서 돌아섰다. 안나는 그 자리에 붙박인 듯 서 있다가 몸을 돌렸다.

몇 번씩이나 더 개똥을 밟으면서 청우는 자신이 안나에게 '다시 만나자'라는 일반적인 작별 인사 대신에 '영원한 안녕'을 고하는 표현을 썼다는 사실에 계속 집착하고 있었다.

*

집으로 돌아오는 길에 청우는 다시 해안도로로 나갔다. 이미 늦었지만 일몰 이후의 바다라도 보고 싶었다. 우연히 초연과 마주쳤다. 아무도 만나고 싶지 않았고 아무와도 말을 섞고 싶지 않아서 모른 척 돌아섰다. 집에 온 다음에는 계속 개똥을 생각했다. 잠이 들 때까지 그가 이를 갈면서 끊임없이 되뇐 말은 딱 하나였다. '그래, 폰탄카 강변에는 개똥이 정말 많아.'

비창 소나타 2악장

바닷가는 이른 시각임에도 부산스러웠다. 집채만큼 큰 개
들이 사람을 산책시키고 그 사람들 행렬을 진갈색 맥주병이
이어주는 것 같았다. 초연은 늘 가던 반석에 앉아 정수리 위
에 꽂힐 때까지 그림을 그렸다. 심한 허기와 요의가 동시에
느껴졌다. 빠른 걸음으로 숙소에 돌아와 약간 굳은 빵에 버터
와 치즈를 발라 먹었다. 며칠 전에 사다놓은 '도시락'에도 손
이 갔다. 따뜻하고 얼큰한 국물이 몸 안으로 들어가자 행복한
포만감이 느껴졌다. 초연은 옷도 벗지 않은 채 낮잠을 잤다.

삐걱거리는 문소리에 깼을 때는 이미 네시가 지났다. 또 새
투숙객이었다. 초연은 다시 밖으로 나왔다. 짐이라고 해봐야
지금 이 가방이 전부였다. 미리 내놓은 내일 방값, 정확히 침

대값도 아깝지 않았다. 이대로 여관을 떠나고 싶을 정도로 신물이 났다. 오늘은 외국인 담당 부서에 가서 행정적인 절차도 알아보아야 했다. 비자를 새로 발급받아야 한다면 한국으로 들어가거나 가까운 핀란드라도 다녀와야 했다. 그런데도 그녀의 발걸음은 또 바닷가로 향했다.

초연은 그 반석 위에 앉아 스케치북과 연필을 꺼냈다. 점 하나 찍지 않고 선 하나 그리지 못한 채 담배만 피워댔다. 거리의 카페 바로 가서 맥주를 주문했다. 꼭 초연을 노리는 듯 위에서 계속 따라오는 태양 탓에 목이 몹시 말랐지만 찬 음료는 맥주뿐이었다. 일회용 플라스틱 컵의 맥주가 다 줄어들도록 네다섯 시간 동안 앉아서 그림을 그렸다. 검푸른 핀란드만과 불그스름한 노을빛 하늘, 그리고 거무스름한 땅이 만나는 아슬아슬한 접점에 태양이 잠깐 걸렸다가 급속도로 하강했다. 낙조 무렵 일몰의 순간이었다. 왼쪽 방파제에 기대거나 그 위에 앉아 바다를 바라보는 사람들, 그 너머 플라스틱 테이블에 앉아 맥주를 마시는 사람들이 있었다. 초연은 그들 사이에 자기 모습도 조그맣게 그려 넣었다.

초연은 담배를 피우며 우물형 통로를 향해 걸었다. 또다시 생면부지의 타인과 하룻밤을 보내야 한다는 생각에, 우울이 물때처럼 목구멍에 켜켜이 쌓였다. 우물형 통로 반대편에서 눈에 익은 형체가 보였다.

"청우 씨!"

초연은 아는 사람과 우연히 마주치는 데서 오는 기쁨을 가감 없이 드러냈다. 하지만 상대방은 짜증과 분노를 온몸으로 표현하며 모른 척하는 것이 명백한 자세와 표정으로 저 멀찍이 걸어갔다. 일부러 원래의 보폭과 속도를 유지하려는 긴장된 몸짓에서 가장된 위악이 넘쳐났다. 초연은 문득 청우의 '기획'이 생각났다. 폭풍 전야거나 어쩌면 이미 실행되었을지도 모르겠다.

한편, 청우는 누나 같은 표정으로 계속 자신의 뒤태를 바라보는 초연의 시선을 느꼈다. 왜 여자들은 나이가 많든 적든 남자들을 돌봐주려고 할까. 실제로 할 줄 아는 건 눈물이거나 하나 마나 한 소리, 즉 도덕 교과서, 심리학이나 정신의학 개론서에 쓰인 고리타분한 말뿐인데 말이다. 청우는 집에 가는 내내 이를 갈며 폰탄카 강변의 풀숲에 널린 개똥을 생각했다.

초연은 어떻게든 저지해야 하지 않을까, 잠시 고민했다. 하지만 타인의 삶에 깊이 관여하는 것은 별로 권장할 만한 일이 아니라는 결론을 내렸다. 가족조차 성가신 존재로 여겨지는 순간이라면 제삼자는 조용히 관망하는 편이 나았다. 현수의 일로 가슴앓이를 할 무렵, 그야말로 콱 죽어버릴까 생각했지만 그 역시 서서히 죽는 것만큼이나 힘들었다. 그렇게 자살 미수 경력만 남긴 채 모스크바로 날아온 것이었다.

초연은 여관 건물을 지나쳐 공중전화로 갔다. 한국은 좀 이른 시각이지만 모두 일어났을 것이다. 마침 휴가 기간이라 여동생이 막냇동생과 함께 시골에 와 있었다. 막냇동생은 근처 소도시에 과일 밭을 계약하러 온 차에 부모님의 집에 들른 것이었다.

"언니야, 잠깐만! 아빠, 언니요! 언니야, 잠깐만, 아빠가 요즘 계속 언니 보고 싶다고 울었거든. 아빠!"

하지만 아버지는 늘 그랬듯 막상 수화기를 들면 심드렁한 인사말뿐, 서둘러 수화기를 넘기려 했다.

"엄마 바꿔줄까? 참, 형우도 지금 와 있다, 형우야!"

수화기가 어머니에게로 넘어가는 동안 여동생의 다정스러운 목소리가 들려왔다.

"아빠도 참, 무슨 남자가 그렇게 숫기가 없어요? 사람 성격하곤."

*

한 시간쯤 뒤 초연은 니콜라이의 아파트에 다다랐다. 그저 온몸이 서늘해지는 한기와 누군가가 곁에 있어주었으면 하는 절박한, 막연한 바람뿐이었다. 쭉 늘어선 아파트 건물 중 두 번째 출입구를 찾아, 두꺼운 철문 앞에서 교수의 아파트 방번호를 눌렀다. 응답이 없었다. 차라리 홀가분한 마음으로 일단 담배부터 꺼내 물고 몸을 돌렸다. 순간, 어찌나 놀랐는지 막 들이킨 담배 연기가 심한 기침과 함께 다시 튀어나왔다. 초연 바로 앞에 니콜라이가 서 있었던 것이다.

"시간이 묘하게 맞아떨어졌군. 들어가죠."

아파트 안으로 들어선 다음에도 초연은 자리에 앉지도 않고 엉거주춤 서 있었다.

"우리 일단 뭐 좀 마십시다. 그 전에 화장실부터, 잠깐 실례. 냉장고에서 주스라도 꺼내 오지 그래?"

초연은 니콜라이의 말대로 망고 주스와 유리컵을 쟁반에 담아 왔다. 곧 니콜라이가 나타났다.

"아무래도 지구가 미치나 봐, 날씨가 이렇게 더운 건 머리털 나고 처음이야. 한국 여름은 어때?"

"페테르부르크보다 훨씬 더 덥고 습도도 높아요."

"그래? 이 더위에 보는 사람 갑갑하게 웬 청바지를 다 입었나?"

초연은 아무 말도 하지 않고 망고 주스를 마시다가 불쑥 물었다.

"그런데 어디서 오시는 길이세요?"

"이봐요, 초연 씨, 그 전에 내가 먼저 물어봅시다. 아니, 학교는 왜 안 간 거야? 입학할 생각 없나? 러시아 대학은 7월 초순만 돼도 행정 업무 마비야. 모스크바에는 언제 가?"

"편도를 끊었어요."

"돌아가는 날짜를 정하지 않았으니 그 모양이군. 내일 꼭 가도록 해요. 오늘 내가 부학장을 만났으니 좀 빨리 처리해줄 거야."

"그 일 때문에 학교에 가셨나요?"

"그렇다고 말하면 당신이 기뻐할까? 볼일이 있어서 들른 거니까 부담스러워하지 말았으면 해. 학생들과 맥주 한잔할 일도 있었고."

물론 이건 거짓말이었다.

사실 니콜라이는 오늘 학교에 가면 꼭 초연을 볼 수 있으리라 생각했다. 그런데 업무 마감 시간이 다 되도록 그녀는 나타나지 않았고, 그냥 부학장만 만나고 돌아왔다. 맥주도 학생들과 마신 것이 아니라 걷는 중에 혼자 마신 것이다. 걸으면서 술이 좀 깨면 또 새 맥주병을 따고 도중에 지치면 버스나 '트롤레이부스', '트람바이'를 탔다가 내려서 또 맥주를 마시며 걷고 하는 것이, 그가 혼란한 마음을 달래는 해묵은 방식이었다. 아까도 그렇게 반쯤 취한 상태로 '트람바이' 안에 앉아 있었고 차창에 어리는 백야의 희끄무레한 빛 사이로 어딘가 익숙한 형상을 보았다. 막 택시에서 내린 성냥개비처럼 여윈 여자는 팔과 주먹으로 톡 치기만 해도 바스러질 것 같은 어깨를 들썩이며 걸음을 옮겼다. 원피스가 아니라 할랑한 청바지에 민소매 티셔츠를 입고 운동화를 신고 있어서 처음엔

반신반의했더랬다. 교수와의 면담을 앞둔 외국인 학생의 일반적인 옷차림은 아니었다. 차림새 때문인지 이제 막 이차 성징의 조짐을 보이는 열두 세 살짜리로 보였다. 어린 여자아이에서 조만간 젊은 어른 여자로 넘어가는 어떤 찰나적인 시간 섬에 영원히 붙박인 듯싶은 몸이었다. 이미 열한시가 다 된 시각, 니콜라이는 적당한 간격을 유지하며 그녀의 뒤를 쫓아 걸었다.

"초연 씨, 오늘은 화장도 안 했네?"
"나, 하고 싶은 말이 있어서 왔어요."
초연은 동문서답을 하는 동안 조금 전의 그 긴장과 흥분이 점점 가라앉는 것을 느꼈다. 니콜라이 얼굴과 손가락의 섬세하고 가느다란 선, 가녀린 몸매의 선은 지금도 현수의 선과 겹쳐졌다. 하지만 지난번과는 달리 그 때문에 괴롭지는 않았다.
"러시아 온 이후 처음으로 가족이 보고 싶어졌어요. 그리고 울었어요."
"좋은 일이야. 우리 아들도 아주 가끔은 그렇게 내 생각을 해주면 고맙겠군. 이봐, 지금 우는 거야?"
초연은 정말로 울고 있었다. 니콜라이는 적당히 떨어진 거리에서 초연을 지켜보았다. 초연의 몸이 들썩거릴 때마다 가느다란 쇄골이 도발적으로 움직였고 자그맣고 도톰한 젖가슴이 요동쳤다. 니콜라이가 건조한 어조로 말을 이어갔다.

"초연 씨, 난 감상적인 걸 그다지 좋아하지 않아. 인간은 감상적인 것과 살을 섞으면 세련된 것과는 멀어지기 마련이거든. 난 좀 매정할지라도 후자 쪽을 택하고 싶어."

"그런가요? 저는 비록 촌스럽고 눅눅하더라도 감상 쪽이 좋은데요."

"말장난은 이쯤 하지. 하루 종일 뭘 했나, 그래?"

초연은 스케치북을 꺼냈다. 니콜라이는 초연의 그림 몇 점을 진지하게 살펴보았다.

"당신 눈에는 러시아에는 곡선이라는 게 없는 거 같아?"

"예……?"

"초연 씨 그림이 생각나서. 직접 봐요, 왼쪽 모서리에 작은 사람들을 제외하면 곡선이 전혀 없잖아. 이 그림은 전적으로 그렇고."

"그러네요. 러시아를 보면 직선이 떠오르고, 그 때문에 간혹 보이는 굴곡이나 곡선이 더 도드라졌어요. 우리나라는 험준한 산이 많아서인지 곡선의 향연에 더 가까운데요."

"그나저나 가방은 왜 그리 빵빵해?"

"짐을 다 챙겨 나왔어요."

"그럼 어디서 자려고?"

"오늘까지 방값을 내놨어요."

"설마 지금 갈 생각인가? 자정인데? 하룻밤 숙박료 내고 저기 작은 방에서 자는 건 어때?"

"저어, 그런데, 뭘 좀 먹을 수 있을까요?"

불쑥 튀어나온 말에 초연도 놀랐지만 간만에 울고 나니 배가 너무 고팠다.

"듣던 중 반가운 소리군. 나도 지금 배가 고파 죽겠거든. 돼지고기 좋아하나?"

니콜라이가 적절히 해동했을 때 칼질해둔 돼지고기를 양념하는 동안 초연은 양파를 깠다.

"원래는 숯불에 구워야 하지만 그냥 프라이팬에 볶아 먹자고. 여기 빵 좀 썰어요. '보르시'를 끓여야겠다."

늦은 저녁 식사를 끝낸 그들은 거실에 앉아 차를 마셨다. 자정이 지났음에도 그저 푸른빛에 섞인 회색빛을 조금 짙게 만든 느낌이었다. 우리나라였다면 「미드나잇블루」라는 노래 제목처럼 한밤의 짙은 쪽빛이 가득했을 것이다.

"불 켜는 것도 잊었군."

니콜라이는 불을 켜려고 자리에서 일어났다.

"난 작업을 계속해야 하는데, 초연 씨는?"

"저도 여기서 작업을 하죠."

이 말에 니콜라이는 몸을 뒤로 돌리고 고개를 약간 숙인 채 잠깐 서 있었다. 다시 몸을 돌려 소파에 앉아 있는 초연을 내려다보았을 때는 얼굴이 상기되어 있었다.

"언제쯤 끝날까?"

"물론 선생님이 작업을 중단하실 때."

니콜라이는 초연에게로 다가왔다. 그들은 나란히 긴 소파에 앉은 채로 오랫동안 키스를 했다. 불을 켜지 않은 거실은 바깥과 마찬가지로 희붐한 회색빛과 푸른빛으로 가득 찼다.

"당신이 올 줄 알았어."

"어떻게요?"

"내가 당신을 응시했으니까."

"응시라고요? 그냥 '보다'도 아니고 꼭 '응시하다'인가요?"

"그래, 응시였지. 지금처럼."

니콜라이는 조용히 웃으면서 초연을 더 세게 껴안았다. 아까부터 그를 달뜨게 했던 초연의 소담한 젖가슴은 이미 그의 손안에 들어가 있었다. 다른 한 손은 초연의 벨트를 풀기 시작했다. 초연은 그의 손을 꽉 잡으며 그를 쳐다보았다.

"싫어……?"

니콜라이가 짧게 물었고 초연은 고개를 저었다. 그녀의 눈속에는 암컷 특유의 교활하고 이중적인 욕망이 번득였다.

"아니면 나중에 어색할까 봐?"

초연은 또다시 고개를 내저으면서 니콜라이를 꼭 껴안았다.

"기억 때문인가?"

초연은 눈을 크게 뜨고 의아한 표정으로 그를 바라보았다.

"하지만 나한테 반한 건 맞잖아, 아니야?"

초연은 니콜라이의 뺨과 목에 입을 맞추며 와이셔츠 단추를 풀어갔다. 가슴팍 한가운데로 그의 머리카락처럼 옅은 금발의 털이 소복하게, 다보록하게 나 있었다. 초연은 가슴팍에 오랫동안 입술을 갖다 대고 얼굴을 묻었다가 다시 그를 올려다보았다. 콧날이 유난히 두드러져 보였다. 눈빛은 이 밤의 희끄무레한 회청색 그대로였다. 홍채 색깔이 서로 다른 두 눈이 서로를 응시하고 있었다. 니콜라이는 두 손으로 초연의 허리를 감았다. 만난 지 오늘로 사흘째인데도, 마치 오랜 시간 서로 사랑을 나누어온 연인처럼 모든 것이 자연스러웠다. 그래서 아름다웠다.

"쌀쌀하지 않아?"

초연이 고개를 끄덕이자 손을 쭉 뻗어 소파에 있는 얇은 담요를 잡아당겼다.

"작업하다가 그냥 여기서 자는 일이 자주 있거든."

"아내를 많이 사랑했던가요?"

"전에도 했던 질문 아닌가? 걱정하지 마, 당신을 안으면서 옛날 아내 생각은 안 했으니까. 아내는 유쾌한 성격의 소유자였지만 항상 시체처럼 누워 있었지. 아내의 몸을 열기가 힘들었어."

회색이 깃든 연파랑 하늘이 니콜라이의 작은 얼굴과 가는 어깨선 뒤로 아른거렸다. 그는 가늘고 섬세한 입술에 엷은 미소를 머금었다.

"사랑을 느끼는 데는 몇 분, 심지어 몇 초면 충분하다잖아?

하지만 더 중요한 건, 초연 씨, 당신이 편하게 느껴졌어. 글쎄, 이걸로도 설명이 안 되는군. 거의 이십 년 만에 여자와 자 본 거라서, 하하."

웃고 있으면서도 니콜라이는 지금까지의 여유로운 태도와는 달리 멋쩍어하고 있었다.

"그럼 이십 년 치 한꺼번에 해요."

초연은 니콜라이에게 와락 달려들어 그를 눕혀버렸다. 니콜라이의 두 손은 초연의 허리에서 점점 위로 올라가 자그마한 젖가슴에 머물렀다. 말들은 몸의 움직임에 묻혀버렸다.

푸르스름한 회색빛이 잠깐 땅거미 지듯 거무스름해지는가 싶더니 어느새 날이 환해졌다. 백야는 백야였다. 초연과 니콜라이는 한동안 아무 말 없이 조용히 누워 있었다.

"내일 학교 갔다 올게요."

"당신은 진작 그림을 그렸다면 더 좋았을 법했어. 상처가 얼마나 컸는지, 어제 얘기한 막다른 골목 말인데…… 그런데 아까 좋았어?"

초연은 얼굴이 발개졌다. 이토록 진부한 한마디도 부끄러운데 어떻게 그렇게 거침없이 육체적 사랑에 몰입할 수 있었는지 그녀 자신도 놀라웠다. 현수와는 이런 대화는커녕 절정을 경험한 적도 없었다는 사실을 이제야 알게 되었다. 어쩌면 이 역시 멜로드라마의 진부한 전개를 답습하는 것인가.

"교미를 끝낸 짐승은 슬퍼진다, 라니…… 욕망이 해소되면 허무와 절망, 회한이 아니라 육체와 마음의 나른한 피로감이 찾아오지. 그다음엔 또다시 욕망, 또다시 나른함. 나는 딱히 무신론자도 아니지만 무덤 뒤의 세계에 대해 이러쿵저러쿵 논하는 걸 별로 좋아하지 않아. 무덤 뒤에 낙원이 있든 지옥이 있든, 그냥 어둠밖에 없든 무슨 상관이야? 애초에 문제 설정 자체가 글러먹었어. 무덤 뒤의 세계를 뭣 하러 뒤지나? 지상의 삶만으로도 충분히 정신이 없는걸. 그러니까 현재만으로도."

초연은 니콜라이가 왜 이런 얘기를 하는지 알 수 없었다. 어휘가 어려워지고 말 속도가 빨라져 제대로 알아듣지 못한 것일 수도 있다. 하지만 그의 얼굴이 순식간에 날카로운 직선의 구성으로 변하는 것만은 분명히 포착할 수 있었다.

"난 질투심이 많아. 그리고……"

니콜라이는 잠시 뜸을 들이더니 "사랑해"라고 말했다. 초연은 날렵하게 그에게로 달려들어 목을 와락 껴안았다.

청춘

개똥인지 사람 똥인지 고양이 똥인지 하여간 각종 똥이 곳
곳에 싸질러진 지저분한 거리였다. 싼 지 오래되어 돌처럼 굳
은 똥, 웅덩이 모양으로 퍼진 설사 똥, 싸자마자 누군가의 발
에 밟혀 찌그러진 똥, 막 똥구멍에서 나와 김이 모락모락 나
는 똬리 똥 등. 바로 옆, 조그만 시냇물 위에도 똥들이 둥둥
떠 있었다. 밤 같지 않은 흐리멍덩한 밤이 지나고 해가 환하
게 떠오르는가 싶었다. 청우는 어느새 중천에 도달한 뜨거운
태양 빛 세례를 받으며 똥 밭을 걷고 있었다. 어떻게 해도 피
할 수 없는 지뢰였다. 발걸음을 뗄 때마다 계속 밟게 되었다.
"제기랄!" 입에서 욕이 튀어나온 순간, 맨발을 감싼 슬리퍼
위로 동글동글 딱딱하고 뜨뜻한 것이 툭 떨어졌다. 고개를 숙

여 아래를 보았다.

그건 네발 달린 짐승이 아니라 노파였다! 다리를 어정쩡하게 벌리고 무릎을 힘겹게 구부린 채 쭈글쭈글한 엉덩이를 뒤로 쑥 뺀 자세였다. 여느 때와 다름없이 천천히 고개를 들어 시선을 풀잎이나 그 위 이슬방울 하나쯤에 고정했다. 아직 볼일이 더 남은 눈치였다. 아니나 다를까, 변비나 치질로 얼마나 고생했는지 염소똥 토끼똥 같은 것이 톡톡 떨어졌다. 거사를 끝낸 다음에는 옷도 올리지 않고 그냥 그 자리에 주저앉아 버렸다. 얼굴에는 어떤 표정도 없고 눈빛은 맑고 고요했다.

청우는 노파의 옆에 널브러진 맥주병을 집어 올렸다. 악의와 심술이 한꺼번에 북받쳐 오르는 느낌이었다. 그 의미를 노파도 알아챘는지 회색빛 감도는 푸른 눈이 번득이는 것 같았다. 하지만 그 역시 찰나일 뿐, 노파는 이내 원래의 무심한 시선으로 되돌아갔다. 그게 너무 괘씸해진 청우는 기어코 맥주병으로 노파의 정수리를 내리쳤다. 맥주병이 와장창 깨졌다. 동시에 그 속에 들어 있던 물컹한 질감의 고체가 노파의 얼굴 위로 흘러내렸다. 똥이었다. 된똥처럼 보인 물똥 사이로 선연한 핏물도 배어 나왔다. 구린내와 피비린내에 욕지기가 치밀었다. 냄새만은 전쟁터가 따로 없었다. 하지만 노파는 역시 노파다운 반응을 보였다. 똥물과 핏물이 눈 코 입을 파고드는데도 눈 한번 깜박하지 않았다. 화가 난 청우는 절반만 남은 맥주병으로 노파의 머리통을 연거푸 갈겼다. 노파의 두개골은 깨졌다가 금세 다시 아물었다. 맥주병도 절대 산산조각 나지 않았다. 한여름의 페테르부르크 태양은 더욱더 기세등등해졌다.

청우는 첫 담배를 입에 물자마자 꿈의 해석에 돌입했다. 어제 폰탄카 강변에서 많은 똥을 본 탓이리라. 맥주병이라면, 어제 새벽녘만 해도 열린 창문 밖으로 끊임없이 병 깨는 소리가 들려왔다. 창문을 닫자니, 에어컨은커녕 선풍기도 없어, 너무 더울 것 같았다. 침대에서 일어나 창문까지 가는 것도 귀찮았다. 지금 창문 아래로 내려다보니 날카로운 갈색 병 조각들이 잔뜩 널브러져 있었다. 현실과 꿈 사이의 연결고리를 찾아내자 마음이 가뿐해졌다. 하지만 공부가 되지는 않아서 밖으로 나갔다.

핀란드만 근처를 배회하다가 다시 우물형 통로를 지나와 버스를 탔다. 버스는 시속 이삼십 킬로로 달렸다. 날은 푹푹 찌고 승객은 많고 차창을 열어두어도 남녀노소의 암내에 숨이 턱턱 막혀왔다. 버스가 네바강을 건너 넵스키 거리의 초입, 즉 '에르미타주' 근처로 들어서자 버스에서 내렸다. 중심 도로의 끝까지 갔다가 이 골목, 저 골목으로 들어갔다가 다시 나오길 반복했다. 카잔 성당, 예술가 카페, 피의 성당, 국립도서관, 국립미술관 등을 무지막지하게 산책한 끝에 집에 돌아왔을 때는 녹초가 되어 있었다. 요란한 전화벨 소리가 귀를 때렸다. 안나였다. 천연덕스럽게 안부를 전한 다음에는 예의 그 수다였다.

"내일 엄마랑 병원에 가야 할 것 같아. 할망구가 그럼 레슨을 토요일로 미루자고 하시더라."

내일 내가 노파의 집에 가지 않으니 너는 알아서 네 일을 보라는 신호인가. 청우는 섬뜩해졌다.

"여보세요? 왜 아무 말도 없는 거야, 응? 대체 종일 어디를 그렇게 싸돌아다닌 거야? 전화해도 안 받고."

"이봐, 네가 나를 지키는 문지기쯤 되냐? 왜 그렇게 나의 일거수일투족에 관심을 쏟는 거야?"

"그만 끊을게, 안녕."

어제 청우가 사용한 '영원히'의 의미가 포함된 '안녕'을 끝으로 안나는 전화를 뚝 끊었다.

*

초연은 아침 아홉시쯤 잠에서 깼다. 니콜라이는 반바지만 입은 채로 차를 끓이고 있었다.

"일어났어? 아침은 먹나?"

"아뇨. 커피 한 잔요. 뽀뽀해도 돼요?"

"그런 건 말 없이 그냥 하는 거야."

니콜라이는 초연을 껴안으며 키스를 했다. 그의 새하얀 얼굴에 섬세하고 가느다란 미소가 어리었다. 그는 커피 두 잔을 거실로 가져갔다.

"초연 씨, 보통 아침에 일어나면 뭘 해?"

"그냥 커피 마시고 담배 피워요. 모스크바에 있을 때는 룸메이트가 불편해서 단어장이나 교과서를 펴놓았지만, 페테르부르크 온 뒤로는 그야말로 멍하니 있어요."

"그럼 지금은 뭘 할 거야?"

"학교 갈 준비해야죠."

"잠깐 이리 와봐."

니콜라이는 초연을 침실로 데리고 갔다. 침대와 붙박이장, 탁자 하나, 조그만 서가밖에 없었다. 그림이라도 흩어져 있지 않았더라면 아주 허전할 뻔했다. 니콜라이는 옷장 문을 열어 원피스 하나를 꺼냈다. 셔츠형 민소매 원피스였다. 무릎까지 덮일 길이였다.

"당신한테 맞을까?"

초연은 여전히 이해가 안 되는 듯 그를 올려다보았다.

"부담 갖지 마. 내가 의외로 돈이 많거든. 부학장을 만나러 가면서 청바지 차림으로 갈 순 없잖아?"

초연이 씻는 동안 니콜라이는 컴퓨터 앞에 앉았다. 수건으로 몸을 가린 초연이 비누와 샴푸 향을 풍기며 다가왔다. 니콜라이는 초연의 목덜미와 어깨를 어루만지며 귀에 대고 조용히 속삭였다.

"하고 갈래, 아니면 갔다 와서 할래, 응?"

"부학장을 만나러 가는 길이라고 얘기한 게 누구였죠?"

말이 채 다 끝나기도 전에 초연은 온몸이 달아오르고 숨이 가빠지는 걸 느꼈다.

"얌전하게 하면 되지."

니콜라이는 초연을 안아 올려 침실로 데려갔다. 침대에 눕힐 때 젖가슴과 겨드랑이를 단단히 여며둔 샤워 수건이 풀렸다. 초연의 목덜미, 어깨, 팔, 허벅지, 가랑이 사이까지 이어진 애무는 짧고도 강렬했다. 전희를 즐기는 은근하고 나른한 신음이 점점 더 적나라해졌다. 서로의 몸이 섞이는 중에도 홍채 색깔이 서로 다른 두 눈은 응시를 멈추지 않았다.

"인생은 짧고 예술은 길다잖아. 인생도 제법 긴가 봐. 기회가 다시 오는 걸 보면."

가쁜 숨을 몰아쉬며 니콜라이가 말했다.

니콜라이가 미리 언질을 준 덕분에 지긋지긋한 행정 절차가 일사천리로 끝났다. 무엇보다도, 비자 재발급 절차를 밟지 않아도 되었다. 이제 남은 일은 모스크바로 돌아가 기숙사를 정리하고 예비학부 졸업증 및 서류를 준비하는 것뿐이었다. 하지만 마음이 심란했다. 니콜라이를 만난 순간부터 삶이 송두리째 페테르부르크 백야의 환영으로 둔갑한 것 같았다. 현수가 아닌 남자에게 이렇게 빨리, 심지어 더 깊이 몰입할 수 있다니. 배반. 자기 자신에 대한 배반이 경악스러웠다.

초연은 네바강을 건너왔다. 에르미타주를 지나 한참을 걸은 다음 버스 정류장에 다다랐다. 쇠 의자가 얼마나 데워졌는지 엉덩이가 불에 덴 것처럼 화끈거렸다. 초연은 담배를 꺼내 물었다. 연기를 내뿜기가 무섭게 옆에 앉아 있던 중년 여인이 손을 휘저으며 기침을 하더니 안쓰럽다는 듯 혀를 끌끌 찼다.

"나는 러시아 여자들만 담배를 피우는 줄 알았는데, 세상에, 동양도 말세네. 애는 있어요?"

초연은 겸연쩍게 웃으면서 고개를 내저었다.

"그럼 더 조심해야지, 아가씨. 젊어서부터 몸 관리를 잘해야 예쁘고 건강한 아이 낳아요. 버스 왔네."

중년 여인은 이스트를 넣은 것처럼 부어오른 다리와 비대한 몸을 힘들게 일켰다.

잠시 뒤 초연이 탈 '트롤레이부스'도 왔다. 왼쪽 창가에 자리를 잡는데, 길 건너편으로 청우가 보였다. 35도를 오가는 페테르부르크의 무더위 속을 어기적거리며 걷는 청우는 어제보다 더 스산한 모습이었다. 초연은 가방에서 수첩을 꺼내 보았다. 청우의 이름과 전화번호가 적혀 있었다. 저도 모르게 안도의 한숨이 나왔다가 금방 자신에 대한 분노가 치밀었다. '저 주둥이가 샛노란 철부지가 사고를 치기를 바란단 말인가?' 초연은 어떤 불길한 예감과 불안감이 모종의 사건이

일어났으면 좋겠다는 시커먼 기대를 동반하는 것은 아니라며
자신을 타일렀다.

초연이 돌아왔을 때 니콜라이는 저녁을 준비하고 있었다.
"배고프지?"
"굶어 죽기 일보 직전이에요."
니콜라이 역시 차만 한 잔 마셨을 뿐, 줄곧 초연을 기다리
고 있었다.
"왜 이렇게 늦었어? 택시를 안 탔구나."
니콜라이는 껴안고 꽃향기를 맡듯 숨을 깊이 들이쉬었다.
"이거 좀 놔요, 땀투성인데."
"그게 더 좋은걸."
"손이라도 씻고 올게요."
초연은 욕실에서 나와 부엌으로 갔다. 니콜라이는 유화 물
감이 덕지덕지 묻은 작업용 앞치마를 두른 채 싱크대와 오븐,
식탁 사이를 분주하게 왔다 갔다 했다. 다정다감하기 그지없
었다. 초연은 식탁에 접시를 갖다 놓고 허리를 펴는 니콜라이
를 뒤에서 꽉 껴안았다.
"콜랴, 당신이 너무 좋아요."
순간, 초연도 니콜라이도 흠칫했다. 초연의 입에서 불쑥 튀
어나온 '콜랴'라는 애칭 때문이었다.
"미안해요, 그만 실수를."

"아니, 그편이 더 좋아. 난 당신이 애칭을 쓸 줄 모르는 줄 알았어."

"그런데 오늘 버스 안에서 아는 사람을 우연히 보게 됐는데, 뭔가를 계획하고 있는 게 분명해요."

"살인이라도 계획하고 있나?"

"저런, 들켰다. 아무래도 전화를 해봐야겠어요. 아니면 직접 찾아가든지."

초연은 니콜라이에게서 약간 멀찍이 떨어져 작업 중인 예술가를 그렸다. 창가 소파에 앉았기 때문에 니콜라이의 옆모습이 보일 듯 말 듯 아슬아슬하게 잡혔다. 조금 전까지만 해도 다정다감한 남편처럼 식사를 준비하던 사람이, 그리고 아침만 해도 열정에 몸이 달아 초연에게로 달려들던 사람이 세상의 어떤 쾌락도, 안락도 모르는 사람처럼 그림에만 몰두하고 있었다. 모순되는 두 모습의 공존이 짜릿했다.

고양이 사냥

청우는 요즘 아무 일도 하지 않은 채 밤을 꼬박 새우는 일
이 잦았다. 싸구려 러시아 담배를 두 갑씩 바닥내고 진한 커
피와 홍차를 번갈아 마시고 라디오 채널을 이리저리 돌려보
는 것이 전부였다. 푸르스름하고도 희멀건 우윳빛 밤이 지나
면 정신이 번쩍 들었다. 하지만 정작 컴퓨터 앞에 앉으면 아
무것도 써지지 않았다. 다시, 담배와 커피와 홍차와 라디오의
연속이었다. 베란다로 나가 담배 연기를 내뿜으며 환해진 거
리를 내려다보았다. 매캐한 연기보다 따가운 아침 햇볕에 눈
이 감겼다. 하지만 막상 침대에 누우면 어느덧 높아진 기온에
잠도 쉽사리 와주지 않았다. 한참을 뒤척이다가 잠이 든 것은
오전 아홉시경이었다. 끈적끈적하고 진득진득한 잠이었다.

일고여덟 시간은 족히 지난 다음 청우는 엉덩이를 불에 덴 사람처럼 벌떡 일어났다. 이렇게 많은 시간을 허비하다니, 세계 전체가 다 미워졌다. 당장 욕실로 달려가 몸에 찬물을 끼얹었다. 등골이 오싹했다. 재빨리 욕조에서 나와 수건으로 몸을 감쌌다. 얇은 면티를 입고 오랫동안 생각해둔 얇은 감청색 잠바를 걸쳤다. 그다음에는 욕실로 가서 철삿줄을 걷어냈다. 방으로 돌아와서는 창문에서 가장 멀리 떨어진 구석으로 가서 (누가 볼지도 모른다는 바보 같은 생각이 들어서였다!) 철사를 구부려 최대한 조그맣게 똬리를 만든 다음 잠바의 속주머니에 넣었다. 잠바의 바깥 주머니에는 흰 봉투를 넣었다. 그 안에는 달러와 색깔이 비슷한 5루블짜리 초록색 지폐 두 장이 들어 있었다.

금요일 여섯시쯤, 청우는 핀란드만의 해안도로를 걷고 있었다. 몸은 어느덧 땀범벅이었지만 머릿속과 마음속은 싸늘하기만 했다. 얼음의 도가니였다. 청우는 담배를 꺼내 물었다. 사실상 오늘의 첫 담배인데도 맛이 없었다. 잠들기 전에 너무 많이 피운 탓이었다. 손이 벌벌 떨리고 심장도 터질 것처럼 벌렁거렸다. 거의 스물네 시간 동안 음식도 입에 대지 않았다.

눈에 들어오는 간이 상점에서 광천수 한 병을 샀다. 미지근한 물이 목구멍을 축이고 배 속까지 들어가자 끝 간 데 없이 펼쳐지는 핀란드만이 눈에 들어왔다. 오늘따라 햇빛은 유난히 강렬하고 바다의 푸른빛은 한없이 투명했다. 노파의 아파트 건물 앞에 다다랐을 때도 저 해맑고 푸른, 푸르디푸른 바다 위에서 반짝이던 자잘한 햇빛 입자, 그 윤슬과 무한히 뻗은 아름다운 직선에 대해 생각하고 있었다. 훗날 이 순간을 회상할 때도 그 찬연한 푸른빛이 떠올랐다.

청우는 평소와 달리 엘리베이터를 탔다. 소리만 요란했지, 느려터진 엘리베이터였다. 청바지와 티셔츠, 잠바까지 흠뻑 젖었다. 하지만 무엇 때문인지 이 일을 기획할 때부터 차림새는 꼭 이래야 한다고 단번에 정해두었다. 철삿줄이 약간 느슨해졌지만 똬리 모양은 그대로였다. 봉투와 지폐도 또렷하게 만져졌다. 최후의 점검 작업을 끝낸 그는 침착하게 엘리베이터에서 나갔다. 아까와 같은 현기증과 수전증은 온데간데없었다. 초인종을 누르자 노파의 단조로운 목소리가 들려왔다.

"거기 누구요?"

"카테리나 이바노브나, 청우입니다. 드릴 말씀이 있어서요."

두꺼운 문이 열렸다.

"무슨 일인가?"

이 년이나 알고 지냈음에도 상습적으로 프라이팬이나 설탕을 빌리러 오는 성가신 이웃 대하듯 하는 태도는 여전했다. 다만 얼굴빛이 여느 때보다 좀 많이 고약했다. 게다가 앞니가 나갔는지, 굵은 주름으로 둘러싸인 노파의 입이 끈으로 질끈

묶은 복주머니 같았다. 영락없이 할망구였다.

"방세 문제 때문에 그러는데, 잠깐 실례해도 되겠습니까?"

청우는 한 손으로 아파트 안쪽을 가리키며 말했다. 그냥 여기서 말하라고 할까 봐서 마른침이 꼴깍 넘어갔다. 다행히도 노파는 그를 안으로 들였다.

샴 고양이 중 한 마리는 긴 소파에서 요염한 자세를 취하고 있었지만 실은 웅크린 채 조는 것이었다. 녀석은 청우를 향해 자다 깬 실눈을 가늘게 떠 보였다. 다른 한 마리는 본디 도발적인 몸매와 자태를 자랑하는 녀석인데, 오늘은 웬일로 탁자 위에 완전히 엎어진 자세로 침을 질질 흘리며 늘어지게 자고 있었다. 이 방만한 모습에 청우는 적잖이 충격을 받았다.

"앉지 그러나."

노파가 탁자의 안쪽 자리를 가리켰다. 시원한 음료는커녕 하다못해 찬물 한 잔 내올 생각도 없어 보였다. 노파는 그대로 자리에 앉으며 의자 위에 올려져 있던 뜨개질감을 들어 자기 무릎에 얹었다. 그러고는 늘 그랬듯, 시선을 딱히 뜨개질감도 아니고 저 아래쪽 카펫의 한 점에 고정해놓았다.

"어머니가 갑자기 편찮으셔서 잠깐 한국에 다녀와야 하게 생겼습니다. 아무래도 9월 초쯤 돌아올 것 같아 두 달 분 방값을 미리 내고 가려고요."

"어차피 나는 오늘 끝날 테니까, 별모레쯤 내 아들한테 가보게."

이건 또 무슨 해괴망측한 점괘, 아니 신탁인가. 아무튼 얌전히 돌아갈 수밖에 없었다. 난감하고 민망하면서도, 가슴 한쪽에서 철삿줄이 심장을 조이는 것 같았다.

"저어, 예, 그럼, 이만 가보겠습니다."

청우는 엉거주춤 자리에서 일어났다.

"그러게."

돈을 받지 않아도 되니, 여느 때와 달리 자리에서 일어날 기미조차 보이지 않았다.

청우는 몸을 돌려 탁자 옆으로 나온 뒤 노파 곁을 지나갔다. 노파는 뜨개질감과 함께 의자에 붙박인 채 석상처럼 꼼짝도 하지 않고 앉아 있었다. 청우는 노파의 거실을 나와 현관으로 향했다. 아무래도 이건 수치스럽다 못해 치욕적인 일이었다. 절대로 그냥 돌아서서는 안 된다는 생각이 든 건 그야말로 찰나였다. 갑자기 그의 몸이 90도로 틀어졌다. 두 발은 어느새 노파를 향해 성큼성큼 걸어가고 있었다.

탁자 위로 대낮만큼은 아니어도 여전히 뜨거운 한여름의 태양이 농염한 빛을 쏟아내고 있었다. 하지만 창밖은 영원히 저물지 않을 것 같은 백야의 희붐한 푸른빛에 물들었다. 노파의 등을 덮은, 푸른빛이 감도는 상아색 레이스 숄이 햇빛에 환하게 빛났다. 찬장의 유리문에도 밝은 석양빛이 반사되었다. 사물들이 저마다 아름다운 생명력을 빛내는 가운데 오직 노파만 무채색 무생물처럼 미동도 없이 앉아 있었다. 탁자 위의 고양이는 여전히 꿀잠의 침을 흘리고 소파 위의 고양이는 여전히 무심한 시선으로 청우의 움직임을 좇았다.

청우는 서서히 감청색 잠바 안쪽 주머니로 손을 가져갔다. 철사 똬리가 만져졌다. 조심스럽게 철사 똬리를 꺼내 양 끝을 잡고 노파의 등 뒤로 바투 다가섰다. 눈 깜짝할 사이에 철삿줄이 노파의 목을 휘감았다. 그런데 철삿줄에 힘이 들어가기 직전, 즉 '목을 조르기' 직전 꼭 자신의 목이 졸리는 것 같은 섬뜩한 느낌이 들었다. 그는 곧바로 몸을 숙여 노파의 얼굴을 위에서 아래로 내려다보았다. 도대체 그 어떤 충격에도 놀라지 않는 저 삭막하고 고요한 얼굴, 그것은 여전했다. 눈은 정면에서 보는 것보다 훨씬 더 푸르고 투명하며 깊었다. 청우는 손뿐만 아니라 온몸에 힘이 빠지는 것을 느꼈다. 노파는 청우를 쳐다보지도 않고 연신 코바늘을 움직이며 나지막한 소리로 말했다.

"너무 큰 사고는 치지 말게, 젊은이. 가뜩이나 짧은 인생을 뒷수습에 써야 할 테니 말이야."

노파답지 않게 조곤조곤, 차근차근한 어조에 인자한 할머니 미소가 곁들여졌다. 청우의 시나리오 여백에도 들어 있지 않은 돌발 상황이었다. 청우는 철삿줄을 거두었다. 그때 처음으로 노파의 목 주위에 드리워진 가느다란 은목걸이를 발견했다. 늘어진 모양새로 볼 때 제법 묵직한 펜던트가 달린 것 같았다.

노파는 앉은 자세 그대로 뜨개바늘에서 잠깐 손을 떼고 한 손을 들어 올렸다. 청우의 팔뚝을 두어 번 토닥거리더니 다시 손을 내렸다. 그러고는 완벽한 평정 상태, 무념무상 상태에 들어갔다. 무릎 위에는 뜨개질감이 놓여 있고 두 손에는 뜨개 실과 코바늘이 들려져 있었다. 얼굴에는 조금 전의 그 미소의 흔적이 남아 있었다. 잿빛이 감도는 옅은 푸른빛 시선은 노파 가 앉은 자리보다 약간 더 높은 어딘가 허공을 향하고 있었 다. 탁자 위 고양이의 침은 바닥으로 질질 흘러내린 지 오래 였다. 소파 위의 고양이는 어떤 예감이 들었는지 야옹, 하며 길게 울었다. 하지만 몸이 무거운지 만사 귀찮은지 요염하고 도 편안한 자세를 흐트러뜨리지는 않았다.

갑자기 초인종이 울렸다. 청우는 여태껏 손에 들려 있던 철 삿줄을 잠바 속주머니에 쑤셔 넣고 허겁지겁 현관으로 달려 갔다. 한마디도 하지 않고 현관문의 안쪽에 붙어 있는 조그만 볼록렌즈로 바깥을 내다보았다. 형체를 확인할 새도 없이 젊 은 여자의 목소리가 들렸다.

"카테리나 이바노브나, 맙소사, 괜찮아요? 살아 있으면 문 좀 열어봐요, 저예요!"

청우는 손잡이를 돌렸다. 그러고 보니 문은 애초부터 잠겨 있지도 않았다.

"어머, 너 여기서 뭐 해?"

안나보다 더 놀란 것은 청우였다. 안나의 얼굴을 보자마자 어제저녁부터 쌓여온 불안과 떨림이 순식간에 사라졌다. 청우는 안나의 품 안으로 쓰러졌다. 삼복더위에 밥도 제대로 먹지 않고 불면증에 시달리면서 담배와 커피, 홍차로 연명했으니, 이참에 겸사겸사 기절한 것이었다. 덕분에 성가신 일은 안나가 떠맡게 되었다. 그녀는 우선 있는 힘을 다해 청우를 거실로 끌고 갔다. 노파가 등을 돌린 채 앉아 있는 것이 보였다.

"카테리나 이바노브나?"

물론 응답이 없었다. 손가락 끝조차 움찔하지 않았다. 안나가 청우의 몸을 소파에 눕히자 소파의 고양이가 잽싸게 마룻바닥으로 뛰어내렸다. 그 소리에 침을 흘리던 탁자의 고양이도 잠에서 깼다. 녀석은 하품을 쩍쩍하고 기지개를 켜느라 네다리를 아래위로 뻗은 채 온몸을 배배 꼬았다. 대가적 필치로 완성된 고양이 소묘 같았지만, 녀석 때문에 아파트 안에는 고양이 침 냄새가 진동했다. 안나는 후다닥 달려가 노파의 몸을 흔들었다.

"카테리나 이바노브나, 하느님 맙소사, 할머니!"

석고상처럼 굳은 노파의 몸은 안나의 거센 몸짓에 박자를 맞추며 둔탁하게 요동쳤다. 안나는 눈물을 줄줄 흘리면서 성호를 그었다. 무척 놀랐음에도 시신의 온기가 고스란히 전해진다는 사실은 인지했다. 소파 쪽에서 인기척이 느껴졌다.

"목말라."

"도대체 이게 무슨 일이야, 응? 말 좀 해봐? 너는 괜찮은 거야?"

안나는 금세 부엌으로 가서 물을 가져왔다. 청우는 물 한 잔을 그 자리에서 벌컥벌컥 다 마셨다.

"배고프다."

"맙소사! 이봐, 밥은 좀 있다가 먹고 자초지종을 얘기해봐, 얼른!"

"커피라도 한 잔 안 될까?"

"제기랄, 너같이 예의 없는 놈은 처음 본다. 말할 기운이 있는 걸 보면 말짱한 거잖아. 부엌으로 가자."

하지만 청우는 계속 소파에 누워 일어날 생각을 하지 않았다. 노파의 죽음은 어쨌든 나른한 피로감과 안락감을 동시에 안겨주었다. 이상하게도, 희멀건 백야의 빛이 싹 사라지고 바깥이 어둠침침해진 것 같았다.

"여기서 마시면 안 될까?"

"이 철딱서니 없는 것아! 너희 나라에서는 옆에 사람이 죽어 있는데, 커피를 마시고 담배를 피우냐?"

안나는 청우의 손에 어느새 담배가 들려 있는 것을 보고 이마에 꿀밤을 때렸다. 그는 자리에서 일어났다.

청우의 머릿속에서는 "엄마가 죽었다"로 시작하는 프랑스 소설이 떠올랐다. 카뮈는 그 스스로 가장 부조리하다고 생각한 양상의 죽음을 맞이했다. 부서진 차에는 사용하지 않은 기차표와 훗날 '최초의 인간'이 될 미완성 소설 원고가 남아 있었다. 부조리는 건조하고 반항은 뜨겁다. 안나가 가져온 블랙커피는 건조했고 또 뜨거웠다. 커피 향내가 청우의 코끝에 닿기가 무섭게 요란한 천둥소리가 들리고 번개가 번쩍했다. 소나기라도 한바탕 쏟아질 기세였다.

"빈속에 커피와 담배는 쥐약이라지만 어쩔 수 없지. 그래, 뭐가 어떻게 되었는지 얘기 좀 해봐."

안나가 먼저 말문을 열었다. 청우는 담배 연기를 내뿜으면서 조용히 말했다.

"실은 오래전부터 노파를 죽이려고 했어."

"뭐, 할망구를 죽이려고 했다고? 그게 무슨 소리야? 그럼 네가 죽인 거야?"

안나의 하얀 얼굴이 더욱더 새하얘졌다.

"내가 죽이기 전에 노파가 먼저 죽어버렸어, 저 자세, 저 표정으로."

청우는 노파의 아파트에 들어온 이후부터의 일을 기억나는 대로 최대한 자세히 이야기했다. 그리고 감청색 잠바 안에서 철사 뭉치를 꺼내 식탁 위에 올려놓았다. 안나는 청우가 끔찍한 범죄의 주인공이 되지 않았다는 사실을 재차 확인하고서 안도의 기쁨을 감추지 못했지만, 또한 노파의 죽음에 슬픔을 감추지 못했다. 기뻐서인지, 슬퍼서인지 안나는 펑펑 울었다.

"할망구가 전화를 안 받아서 이렇게 온 거야…… 그리고……
네가 불안해 보였어, 미안해."

청우는 의자에서 일어나서 울음을 멈출 생각을 하지 않는 안
나의 어깨를 감쌌다.

"전화한 게 언제였지?"

"글쎄, 한 시간쯤 전?"

"이상하네. 집에 계셨을 텐데 왜 전화를 안 받으셨지? 꼭 늙
은 코끼리처럼 모든 것을 예감하고 계획한 것 같군."

청우는 갑자기 등골이 싸늘해졌다. 지금이라도 노파가 아무
런 인기척도 없이 자리에서 일어날 것만 같았다.

"야, 저렇게 마른 코끼리가 어디 있냐? 도대체 뭘 예감하고
계획했다는 거야?"

안나의 말에 청우는 언성을 높였다.

"나도 잘 모르겠어, 노파는 코끼리고 이곳은 코끼리 무덤이
야."

"코끼리라니, 그건 또 무슨 소리야!"

안나는 거실로 달려가 어머니와 짧은 통화를 했다. 잠시 후
경찰과 구급 대원이 도착했다.

카테리나 이바노브나는 평생 담배를 피운 적 없음에도 폐암
에 걸렸고 술을 전혀 마시지 않았음에도 간암에 걸렸고 마지
막 검사에서는 뇌 전이, 뼈 전이가 확인되었다. 수술을 비롯한
어떤 치료도 노파는 원하지 않았다. 통증이 심했을 텐데도 진

통제도 쓰지 않았다. 직접적인 사인은 상세 불명의 급성 심장 마비였다. 이제 남은 것은 노파의 장례식뿐이었다.

*

밤 아홉시쯤, 아파트로 들어선 청우는 흠뻑 젖어 있었다. 택시 안에 있을 때는 비가 그쳤고, 바깥에 있을 때는 비가 억수같이 쏟아졌다. 한여름 페테르부르크에 쏟아진 기습 폭우라니, 그 자체로 기상 이변이었다. 게다가 비구름이 노파의 환영처럼 그의 머리 위만 쫓아다니며 약을 올리는 것 같았다.

청우는 정말 배가 너무 고팠다. 급히 물을 끓여 '도시락' 두 개를 마파람에 게 눈 감추듯 후루룩 먹어치운 다음에야 다시 짜증에 몰두할 수 있었다. 하지만 포만감 덕분인지 짜증이 금방 싹 사라졌다. 담배를 한 모금 들이키자 웃음마저 나왔다.

"아, 맞다, 철삿줄!"

철삿줄을 제자리에 감아두고 샤워도 하고서 책상 앞에 앉았다. 따뜻한 커피 향기가 가득한 가운데 살짝 열린 창문 사이로 빗방울이 새 들어왔다. 고국의 장마철에 시원스럽게 퍼붓는 소낙비가 그리워졌다. 엄마와 누나의 얼굴이 떠올랐다. 어서 빨리 모든 것을 끝내고 이제 그만 집에 가고 싶었다. 아까 노파에게 던진 거짓말처럼 한 달이라도 다녀왔으면 싶었다. 전화벨이 울렸다.

"잘 들어갔니?"

"응. 너는 아직 거기야?"

"응, 하지만 나도 곧 갈 거야."

"아냐, 저어기 말이야……"

저도 모르게 안나의 애칭을 처음으로 사용하게 됐다.

"왜?"

"그냥 미안하다는 말을 하려고 했어."

"뭐? 됐어요, 괴짜 양반. 내일 만나서 얘기해. 귀엽긴!"

안나의 말대로 모든 것이 페테르부르크의 백야가 낳은 후끈하고 희멀건 악몽 같았다. 내일은 시내에 나가 국제전화 카드를 살 생각이었다. 누나라면 모를까, 왜 엄마가 이렇게 보고 싶은지 참 신기했다.

어느새 자정, 책에서 눈을 떼고 의자에서 기지개를 켰을 즈음 또 전화벨이 울렸다. 뜻밖에도 초연이었다.

"죄송해요, 너무 늦은 시각이죠?"

"아뇨, 안 자고 있었어요."

"저어기, 별일은 없으시죠?"

초연은 약간 뜸을 들이다가 이렇게 물었다. 초연이 어떤 '별일'을 염두에 두고 있는지 단박에 알아차렸다.

"아니, 있어요, 초연 씨, 그 문제의 노파가 오늘 죽었거든요."

"정말로요? 청우 씨, 설마?"

"젠장, 아냐와 똑같이 묻는군요. 제가 한 짓이 아닙니다, 당연히!"

"그럼 확인사살차 간 건가요?"

"에이, 전 정말 죽이려고 갔어요, 진짜로 움직이긴 했다고요! 하지만 이런 바보 같은 얘기는 그만둡시다."

"청우 씨, 그럼, 내일 장례식 날짜나 좀 가르쳐줘요."

초연은 곧바로 니콜라이의 아파트 전화번호를 불러주었고 청우는 받아 적었다. 그런데 청우는 자기도 모르게 눈살이 찌푸려졌다. 우선 남의 일에 오지랖 넓게 참견하는 것이 마음에 안 들었다. 결혼하지 않은 남녀가 그냥 연애든 아니면 불륜이든 하여간 야심한 시각에 함께 있는 것도 꺼림칙하게 여겨졌다. 안방에서 아버지와 '첩', 즉 어머니가 음란한 말들을 주고받고 묘하게 신음을 내거나 천박하게 깔깔대는 소리가 재생되었다.

"모스크바에는 언제 가십니까?"

"글쎄요. 조만간에, 아마."

"그런데 장례식은 왜……?"

"그냥, 여기서 할 일은 대충 끝이 나서 시간도 있고…… 저희 아버지도 많이 편찮으시거든요……"

초연의 마지막 말에 청우는 더 빈정이 상했다. 사실상 엊그제 만난 남자와 육체적 쾌락에 탐닉하면서 동시에 늙은 아버지의 건강을 염려한다는 것이, 이성적으로는 이해되었지만,

감정적으로는 잘 받아들여지지 않았다. 청우는 혼란스러운 상태에서 전화를 끊고 다시 컴퓨터 앞에 앉았다.

무덤 위에서 화촉을 밝히다

노파의 장례식은 소박했다. 유해는 페테르부르크의 저명한 공동묘지에 안치되었다. 무덤 위 대리석에는 중성적인 묘비명이 새겨졌다. "2001년 7월 *일, **음악학교 교수이자 피아니스트 K. I. 볼콘스카야 여기 잠들다." 짙은 잿빛 비석 위에 빨간 장미와 카네이션이 각각 짝수로 놓였다. 한겨울이라면 소복이 쌓인 눈 위로 빛나는 붉은색이 무척 아름다울 것 같았다.

청우, 안나, 초연은 추도식에도 참석했다. 노파의 아들 표도르는 예의 바른 사람이었다. 적어도 병마에 시달리는 연로한 어머니를 내팽개칠 패륜아로 보이지는 않았다. 남성적인 매력이 넘치는 날렵한 이목구비와 장신의 중후한 몸집이 아니라면, 노파의 고요와 적막을 그대로 재현하는 듯했다. 그의 아내 옐레나는 러시아 여자가 아니었다. 윤기가 흐르는 칠흑 같은 머리채, 까무잡잡한 얼굴과 야리야리한 몸매에서는 캅카스의 동양적인 매력이 물씬 풍겼다.

'보르시' 접시와 흑빵, 러시아식 바게트, 샐러드를 앞에 놓고 표도르는 가족사를 마무리 짓는 중이었다.

"동생을 죽음에 이르게 하고 집을 나간 다음에는 집시의 딸과 결혼하여 돌아왔으니…… 어머니가 돌아가신 이후에야 알았습니다. 어머니의 은목걸이 펜던트 안에는 제 사진이 들어 있었다는 것을요. 마샤 사진이 아니라……"

표도르가 포도주로 목을 축였다. 청우는 노파의 목을 철삿줄로 휘감던 순간 얼핏 본 은목걸이를 떠올렸다.

"어머니는 눈물을 모르시는 분이셨어요. 실은 제 앞에서 우는 일이 없었던 것뿐일 테죠. 하지만 마샤의 장례식을 치른 날은 어머니 방에서 흐느끼는 소리가 새어 나오더라고요. 이렇게 여러 사람 앞에서 우는 모습을 보이다니, 저는 어머니보다 못한 아들인 모양입니다."

그는 눈물을 흘리며 옆에 앉은 아내의 손을 잡았다. 아내는 다른 한 손으로 남편의 손을 살짝 덮은 채 남편의 시선에 연민 섞인 미소로 화답했다.

청우는 표도르 아파트의 위치를 유심히 봐두었다. 앞으로 매달 한 번씩 들러야 할 곳이었다.

"모스크바에는 언제 가시나요?"

청우에게 초연 얘기를 대충 전해 들은 안나가 물었다.

"곧 떠날 것 같아요."

"다시 오면 꼭 연락 주세요. 학교는 다르지만 페테르부르크가 워낙 좁거든요. 청우가 많이 도와주겠지만, 같은 여자만 해줄 수 있는 일도 있잖아요?"

안나의 말에 초연은 색깔 없는 웃음을 머금었다. 제삼자의 일까지 이렇게 알고 있다니, 이 청춘 남녀 사이에는 뭔가가 생겨나고 있음이 분명했다. 사실 자기보다 고작해야 두서너 살 어릴 뿐인데도 어째서인지 그들이 너무 젊게만 여겨졌다. 이 젊음이 초연은 부러웠다.

"청우 씨는 언제쯤 끝나죠?"

"이렇게 놀기만 하다가는 평생 페테르부르크를 못 벗어날 것 같아요. 늦어도 내년까지는 초고라도 다 잡아야 하는데."

이 말에 안나의 낯빛이 변했다. 오늘 처음으로 청우가 페테르부르크에 잠시 체류 중인 외국인이라는 사실을 인지했다. 세 사람이 나란히 걷고 있었기 때문에 청우는 안나의 슬픈 표정을 볼 수 없었다.

"청우 씨, 그럼 옆에 있는 아가씨는 어떻게 하실 거죠?"

초연은, 큰 실례를 무릅쓰고, 한국어로 이렇게 물었다. '안나'라는 이름 대신 일부러 말을 길게 풀었다. 청우는 화들짝 놀라며 당혹스러워했다.

"아, 초연 씨, 우리는 그저……"

다급하게 말을 시작했으나 끝맺지는 못했다. 초연은 맑은 미소를 지었다.

"사랑에 빠진 사람들은 어떻게 해도 숨길 수가 없는 법이랍니다."

청우는 약간 약이 올랐다.

"그러는 초연 씨는 그 교수와 어쩔 작정이죠?"

"이런, 제가 너무 주제넘게 굴었군요."

초연이 택시를 잡아 흥정을 끝냈다. 그녀는 작별 인사를 하고 웃으면서 떠났다.

*

"네 집 근처에선가 잠깐 마주친 적도 있는 것 같은데, 표정이 좀 어두워 보여."

초연이 떠난 뒤 안나가 말했다.

"나도 대충 비슷한 생각이 들어."

청우의 대답은 무성의했다. 이미 그는 오직 한 가지 생각, 안나와 자신의 미래에 대한 생각밖에 없었다. 미래? 무슨 미래? 무슨 특별한 일이 있었다고 이 어린 아가씨와 미래를 생각한단 말인가? 아무래도 웃긴 일이었다.

"우리 집에 가지 않을래, 아냐?"

안나는 청우의 제안이 놀랍고도 기뻤다. 할머니가 돌아가셨으니 이제는 서로 볼 일이 없겠다고 생각한 터였다.

청우의 아파트에 다다랐을 때는 오후 다섯시가 가까워지고 있었다. 청우는 커피와 차를 끓였다. 들어오는 길에 산 비스킷 봉지도 뜯었다. 두 사람은 한 시간이 넘도록 음악을 들으며 떠들었다. 그러다가 두 사람의 깔깔거림이 멎었다. 안나가 느닷없이 의자에서 일어나 소파로 갔다. 청우는 얼마간 뻘쭘하게 의자에 계속 앉아 있다가 역시나 소파로 자리를 옮겼지만, 안나와 일정한 거리를 유지한 상태였다. 안나가 청우의 옆으로 바싹 붙어 왔다. 청우는 안나의 얼굴을 바라보았다. 발갛게 상기되어 있었다. 안나는 화끈거리는 얼굴을 감추기 위해서인지, 어색한 순간이면 엄마나 동생들에게 자주 하던 대로, 갑자기 청우를 와락 껴안았다. 두 사람의 볼이 서로 마주쳤다. 누가 먼저랄 것도 없이 두 사람의 얼굴이 정면으로 가까워지면서 두 입술이 마주쳤다. 자연스럽게 각도가 비스듬히 기울어지고, 역시 누가 먼저랄 것도 없이, 혀가 움직이기 시작했다.

"아, 이런."

두 사람은 갑자기 서로 입을 떼면서 감탄사를 내질렀다.

"이런 게 키스였구나. 기분 되게 이상하다."

안나가 거친 숨을 내쉬며 말했다. 청우도 얼굴이 화끈거리고 무엇보다도 아랫도리가 너무 팽팽해져 고통스러울 정도였다. 장례식을 위해 십수 년 만에 정장 바지를 입은 탓이기도 했다. 안나는 마치 신기한 물건을 발견한 듯 호기심에 가득 찬 어린아이의 눈을 하고서 청우의 몸 한가운데로 손을 갖다 댔다.

"이야, 굉장히 딱딱한걸. 이거, 눌러봐도 돼?"

그러고는 대답도 기다리지 않고 검지로 그곳을 한 번 세게 눌러보았다.

"세상에, 이게…… 그거야? 처음 본다. 이상하게 생겼네."

청우는 너무 민망했지만 웃음도 났다. 그사이 벨트도, 단추도 풀리고 지퍼까지 내려가 있었다.

"나, 있지, 응, 남자 다리가 이렇게 예쁜 거 처음 봐. 내 동생들은 다리에 털이 숭숭 나 있거든. 볼 때마다 징그럽다고 놀리지만, 나도 만만치 않아."

"어디, 한번 보자, 응?"

"아이, 싫어, 진짜 많아."

"그런 게 어디 있어? 나도 보여줬으니, 너도 보여줘."

청우는 막 달아나려는 안나의 허리를 움켜쥐고 치맛자락을 휙 들어 올렸다. 안나는 소파 쪽으로 뛰어갔고 청우는 짓궂은 사내애처럼 뒤를 쫓았다. 안나는 막다른 골목에 맞닥뜨리자 곧 주저앉았다. 청우의 침대였다. 청우의 손이 부드러운 황금빛 털로 뒤덮인 안나의 다리를 쓸어내렸다.

"동양 여자들은 몸에 털이 없다며? 러시아 여자 중에도 털이 없고 피부가 고운 애들도 많은데, 나는 왜 이런지 모르겠어. 아이, 참, 할망구 장례식 치르고 이게 뭐 하는 짓인지!"

청우는 조잘대는 안나의 입술을 자신의 입술로 눌렀다.

불과 두어 시간 뒤 청우와 안나는 빵과 소시지, 오이와 토마토를 사 들고 집으로 가는 길이었다. 아치형 통로, 줄지어 늘어선 고층 아파트, 그 사이로 뻗은 자작나무의 굵고 하얀 줄기와 푸른 잎사귀들 등 달라진 건 아무것도 없었다. 그럼에도 두 사람에게는 세상이 통째로 바뀐 것 같았다.

그 순간부터 청우와 안나는 이제 막 불붙은 사랑의 불꽃을 태우느라 정신이 없었다. 어눌하지만 귀엽게 첫날밤을 보낸 젊은 연인은 하루가 다르게 서로의 몸에 익숙해졌고 생전 알지도 못했던 사랑의 몸짓을 스스로 찾아나갔다. 이 사랑의 놀이는 아무리 해도 질릴 것 같지 않았다. 노파의 두 고양이는 안나가 데려왔다. 간혹 안나 집을 방문할 때면 청우는 예전 같은 불길함을 느끼기는커녕 온몸에 털을 묻힐 만큼 녀석들과 장난을 치곤 했다.

안나는 틈틈이 아르바이트를 하면서 학업을 마쳤고, 청우는 그동안의 공백을 보상하듯 논문 집필에 몰입했다. 어머니를 상대로 공연히 악의에 찬 궁상을 떨면서 가난을 조장하지도 않았다.

*

아파트 문이 열리기가 무섭게 젊은 남자의 경쾌한 목소리가 들려왔다.

"드디어 온 건가요, 아빠?"

초연 앞에는 키가 크고 훤칠한 젊은 러시아 남자가 서 있었다. 첫눈에 알료샤라는 것을 알 수 있었다. 알료샤는 분명히 니콜라이의 얼굴을 빼다 박은 듯 닮았으나, 아버지의 섬세한 느낌 대신 러시아 남성 특유의 거친 매력이 느껴졌다.

"애가 늘 이래, 연락도 없이 불쑥 나타나거든."

니콜라이는 초연에게 변명 삼아 말했다.

"아빠한테 애인이 생겼다는 말에 드디어 해방이구나, 외쳤죠. 사실 아빠가 저렇게 청승 떨면서 혼자 사는 것도 보기 싫고, 하하."

알료샤는 의뭉스럽게 농담을 늘어놓더니 곧 일어섰다.

"아뇨, 그냥 앉아 계세요. 우리 아빠가 좀 냉소적이라서 그렇지 속마음은 따뜻한 사람입니다."

알료샤는 니콜라이와 거나하게 포옹을 하더니 어깨를 마주 잡고 양쪽 볼에 번갈아가며 키스를 했다.

"배웅은 나오지 마세요."

알료샤는 초연에게 고개를 살짝 끄덕인 뒤 엘리베이터 안으로 들어갔다.

소파에 앉으며 초연이 말했다.

"말씀하신 것과 달리 착실해 보이는데요?"

"호르몬의 변동 탓인지 그사이 좀 바뀐 것 같아, 결혼하고 싶대."

"이런, 온통 사랑 타령이군요. 그때 말씀드린 그 젊은 한국 남자애와 안나라는 러시아 아가씨 말이죠, 사랑에 빠진 것 같더군요."

"그래? 그런데 왜 이리 늦었어? 벌써 저녁때가 다 됐잖아."

니콜라이는, 자리에서 일어나 거실을 이리저리 거닐고 있는 초연을 향해 팔을 뻗었다. 곧 초연의 가느다란 몸이 니콜라이의 품 안으로 들어가더니 그의 무릎 위로 내려앉았다.

"기차역에 갔다 왔어요."

니콜라이는 잠깐 상념에 잠겼다가 음식을 만들었다.

일주일이 순식간에 지났다.

희붐한 백야의 한밤, 두 사람은 목욕 가운만 걸친 채 설탕과 레몬 조각을 넣은 홍차를 앞에 두고 앉았다.

"백야가 끝나가는 거 느껴져?"

"절정은 언제나 짧잖아요."

"백야는 한순간 화려했다가 금세 시드는 러시아 여자 같아. 11월이면 첫눈이 내리고 4월까지도 와. 일 년의 절반을 눈 더미 속에서 사는 사람들에게 여름은 그 자체로 축제지."

"동이 터와요."

창문 밖이 푸르스름하게 환해질 무렵 그들은 사랑을 나누었다. 조금씩 휴지부를 두고 오래오래.

그날 밤 열한시, 초연은 모스크바행 쿠페에 올랐다. 짧은 작별 인사를 주고받았다. 니콜라이는 기차가 보이지 않을 때까지 그 자리에 붙박인 듯 서 있었다. 초연은 니콜라이의 모습이 빠른 속도로 멀어지는 것을 지켜보다가 객실로 향했다. 어쩌면 다시는 그를 만나지 못하리라는, 진실로 일어나지 않기를 바라는 그 일이 꼭 일어나고야 말 거라는 애달픈 예감이 들었다. 훗날 눈을 똑바로 뜬 채 자신을 향해 질주해오는 시커먼 물체와 맞닥뜨린 순간, 그녀는 니콜라이가 하나의 점으로 변해 사라지는 이 허한 순간과 그때 그녀를 휩싸고 돌았던 불길한 예감을 상기했다.

파국, 그리고

다음 날 아침 여덟시, 초연은 '레닌그라드 역'에, 그러니까 모스크바에 도착했다.

아홉시 무렵, 초연은 푹푹 찌는 전철역 근처를 걷고 있었다. 오늘따라 이 길이 유난히 미웠다. 겨울에는 가도 가도 눈벌판이더니, 여름에는 가도 가도 그늘 하나 없는 뙤약볕이었다. 반 시간은 족히 걸은 뒤에야 초연은 기숙사에 도착했다. 8층, 열쇠를 꽂긴 꽂았으나, 룸메이트가 아직 몽골로 돌아가지 않았을 수도 있겠다는 생각이 들었다. 우선 노크부터 했다. 방 안에서 인기척이 들리더니 안에서 문이 열렸다. 다급하게 면티 하나만 걸친 것이 분명한 여자아이가 나왔다. 초연도 당황했지만, 상대방도 만만치 않았다. 빠끔히 열린 문 안쪽으로, 팬티만 입고 침대에 누워 있는 남자아이가 보였다.

"죄송합니다만."

초연이 먼저 말을 꺼냈다. 하지만 첫눈에 상대방이 러시아어를 못하는 어린 중국인이라는 것을 알 수 있었다. 곧바로 2층의 관리실로 갔다.

기숙사 사감은 러시아인 특유의 심드렁하고 무뚝뚝한 어조로 사정을 말해주었다. 초연이 페테르부르크에 가 있는 동안 두 룸메이트인 몽골 여자와 그녀의 딸이 고국으로 돌아갔고 그 자리에 두 명의 중국인을 넣었다. 어차피 3인 1실이고, 이들은 곧 떠나기로 되어 있으니 며칠만 참고 같이 살라는 것이다.

초연은 그러겠다고 하고 밖을 나왔다. 하지만 스무 살도 안 된 저 어린 연인들과 어떻게 한방에서 살란 말인가. 일단 다시 8층으로 올라와 그들에게 옆방에는 누가 사는지 물었다. 베트남 여학생이 혼자 산다는 것이었다.

초연은 서둘러 매점에서 제일 값비싼 초콜릿 상자 하나를 사 들고 다시 관리자에게 갔다. 이러나저러나 매한가지인 관리자는 초연의 제안에 별 이의 없이 동의했다. 이런 식으로 연일 초콜릿 상자를 받아 챙기니 사감이 뚱보가 되는 건 당연했다.

옆방, 즉 이제 초연이 묵게 된 이 방은 이전 방보다 작았다. 말이 2인 1실이지, 벽장도, 콘센트도 하나밖에 없는 것이 영락없이 1인 1실이었다. 본의 아니게 그녀 자신도 룸메이트에게 피해를 주게 되었다. 겨울옷은 트렁크에 그대로 넣어두고 여름옷 몇 가지만 옷걸이에 걸고 화구는 선반에 올려놓거나 벽장 한구석에 세워두었다. 책상이 하나밖에 없는 것은 대단히 절망적이었다. 모든 것이 척박하고 뻑뻑했다. 이 상황에서 유일한 위안거리는 곧 모스크바를 떠나리라는 사실뿐이었다.

간단한 이사를 끝낸 다음 초연은 수돗물을 받아 와 끓였다.

"차, 드시겠어요?"

룸메이트는 고개를 끄덕이며 미소를 지었다.

이제 막 열여덟 살이 되었다는 '한'이라는 이름의 베트남 여학생이었다. 원래는 모스크바 근교 '블라디미르'라는 작은 도시에서 러시아어를 공부했고 조만간 영화학교에 입학할 예정이었다. 그러고는 학교 이름을 종이에 써주었다. 러시아어를 일 년이나 공부한 것치곤 말도 글도 서툴렀지만, 성격은 얌전해 보였다.

하나뿐인 책상에는 당연히 한의 물건이 놓여 있었다. 러시아어-베트남어 사전, 러시아어 교과서, 그리고 베트남어로 된 영화 관련 서적 등. 절망은 이제 저열한 수준의 짜증으로 바뀌었다. 하지만 한이야말로 하루아침에 룸메이트가 생기는 바람에 죽도록 짜증 날 것이 분명했다. 초연은 침대에 걸터앉아 러시아어 교과서를 무릎 위에 얹었다. 그러자 한이 친구 방에 간다며 자리에서 일어났다. 자기 책상을 써도 된다고 말하는 것도 잊지 않았다.

초연은 한의 물건을 최대한 건드리지 않으려고 애쓰면서 책상에 교과서를 올려놓았다. 집중이 잘 안 됐다. 산책 삼아 시장이나 다녀올까 싶었지만, 룸메이트 없이 혼자 있는 이 소중한 시간에는 어떻게든 방을 지켜야 했다. 하지만 룸메이트가 있는 이상, 담배를 피울 수도 없었다. 한두어 시간 뒤 갑자기 자물쇠 돌리는 소리가 나더니 조심스럽게 문이 열렸다.

"미안해요. 습관이 돼서. 아무도 없을 거라고 착각을 했지 뭡니까."

한이 더듬더듬 내뱉은 낱말을 조합하면 대충 이런 의미였지 싶다. 초연은 괜찮다고 말했다. 그제야 자기에게 방 열쇠가 없다는 걸 깨달았다. 앞서 사감이 열쇠를 주지 않은 것을 보면 여분의 열쇠가 없을 가능성도 컸다. 초연은 한에게 열쇠를 복사해야겠다고 말했다. 그러자 한은 자기가 곧 떠나니 당분간은 이렇게 살자고 말했다. 열쇠를 복사하려면 시장까지 나가야 하고 그동안엔 다른 한 명의 행동 범위가 명확하게 제한된다. 초연도 한의 생각에 동의했다.

한이 돌아오자 초연이 밖으로 나갔다. 갈 데라곤 9층 중국인들이 운영하는 피시방뿐이었다. 방을 나오기 전 초연은 한에게 계속 방에 있을 거냐고 물었다. 한은 언제 돌아올 거냐고 물었다. 초연은 늦어도 한 시간은 넘지 않을 거라고 얘기했다. 한에게 한 시간 정도의 자유시간이 주어졌다.

유감스럽게도 피시방은 잠겨 있었다. 초연은 허탈한 마음으로 8층으로 내려오면서 줄곧 생각했다. 도대체 사람이란 어디든 갈 곳이 있어야 한다. 그 '어디든'은 대개 집이다. 그런데 자기 방에 가는 것이 이렇게 곤혹이라니. 초연이 방으로 들어서는 순간, 룸메이트의 얼굴에는 더 고약한 곤혹스러움이 나타났다.

열시가 좀 지났을 무렵 한이 잠자리에 들었다. 초연은 책을 덮고 자기 침대 옆의 스위치를 내렸다. 한은 많이 뒤척이지도 않고 곧바로 잠이 들었다. 사람이 소란을 피우는 것도 아니고 밤늦도록 불을 켜놓은 것도 아니고 옆에서 역한 음식 냄새를 풍기는 것도 아니고 저토록 조용히 잠만 자는데도 가슴속 어딘가에 바윗돌이 박힌 것처럼 숨이 막히고 갑갑했다. 초연은 온갖 잡념에 시달리다가 힘들게 잠이 들었다.

사흘 뒤 한은 약속대로 어느 지인의 집으로 옮겨갔다. 그녀가 다시는 돌아오지 않는다는 사실이 초연은 너무 기뻤다. 담배를 사러 매점에 다녀오는 길에는 더 기쁜 소식이 있었다.

"이봐, 아가씨, 담배 있어?"

기숙사 로비를 지키는 젊은 수위들은 상대의 국적이나 나이를 가리지 않고 반말을 썼다. 초연은 담배 몇 개비를 건네주고 얼른 돌아섰다. 그런데 그들이 곧바로 초연을 다시 불러

세웠다.

"아가씨 중국 사람이지? 여기 편지가 며칠째 뒹굴고 있는
데, 봉투에 이상한 그림이 잔뜩 그려져 있거든? 아가씨한테
온 게 아니면 그 친구한테 알아서 전해줘."

초연은 '중국 사람'은 아니었지만, 편지를 받아들긴 했다.
뜻밖에도 그것은 아버지에게서 온 편지였다. 장식이라곤 없
는 하얀 봉투 속에는 검은 줄만 그어진 고색창연한 하얀 편지
지 한 장이 들어 있었다.

    초연이 보거라.

    그동안 타국에서 고생이 많을 줄 안다. 한 번은 지내야 할 일이
아니겠나. 타국에서 음식도 맞지 않을 것이고 어려운 점이 하나
둘이 아니겠지. 아빠는 너를 잘 알고 있으니 참고 잘 해낼 줄 안
다. 첫째도 몸조심하고 둘째도 몸조심하고 매사에 조심하기 바
란다. 아버지도 잘 있고 어머니도 잘 있고 동생들도 잘 있으니 집
안일은 조금도 걱정하지 말어라. 부탁할 말이 있으면(돈 관계) 서
연이한테 (인터넷으로) 하기 바란다. 그럼 할 말은 如山海나 이만
줄인다.
    —아버지—

기숙사 방에서 이 짧은 편지를 읽고 또 읽었으며 그때마다
눈물을 흘렸다. 육십 평생 글을 쓸 일이 없었던 아버지가 이

짧은 편지글을 완성하느라 얼마나 고심했을지 훤히 보였다. 편지지도 여러 장 버렸을 것이다. 고풍스러운 어투도 오래도록 심사숙고한 결과였을 것이다. "말아라"가 아닌 "말어라"는 김소월의 「부모」를 흉내 내 모종의 '시적 효과'를 노린 것이었으리라. 마침내 돈 얘기를 꺼냈지만 괄호를 치지 않으면 안 될 만큼 소심한 위인이었다. 괄호 속 두번째 단어 '인터넷'과 한자 '如山海'의 대조도 두드러졌다.

초연은 여름 내내 자기만의 방에 스스로를 감금하고 권태에만 몰두했다. 부재로서 현존하는 니콜라이 덕분에 평안한 시간의 연속이었다.

통증과 하혈이 시작된 건 7월이 끝날 무렵이었다. 월경이 좀 일찍 시작되는 것으로 생각했다. 말도 서툰 상황에서 외국의 병원을 찾기가 망설여졌다. 그러던 어느 날 피시방의 인터넷이 마비되었고 전화 카드는 바닥이 났다. 아랫배의 통증은 하지로 번졌다. 불쾌한 핏빛 분비물이 물컹물컹 쏟아졌다. 초연은 결국 병원을 찾았다. 일주일 뒤 검사 결과가 나왔다. 그날 인터넷이 가능해져서 집에서 온 편지를 읽을 수 있었다. 이주일 전에 쓰인 편지였다. 아버지는 이제 막 큰 수술을 끝내고 회복 중이었다. 이제 수술보다 더 힘든 항암 치료가 기다리고 있었다. 니콜라이와 함께한 날들이 떠오르자 초연은 얼굴이 확 달아올랐다.

그러니까 파국은 이렇게 찾아왔다. 출구가 보이지 않는 어둡고 긴 굽은 터널이었다.

8월도 어느덧 중순이었다. 아침부터 비가 내리고 공기는 후텁지근했다. 천둥 번개가 치는 것 같더니 기온이 급격히 떨어졌다. 그런데도 온수는 여전히 나오지 않았다. 초연은 무작정 나갔다. 병원에 들를 생각이었는지도 모른다. 아니면 서둘러 귀국하기 위해 비자 신청을 하러 학교에 갈 생각이었는지도 또 모른다. 결과적으론 시내를 오랫동안 배회했을 뿐 병원도, 학교도 들르지 않았다.

저녁 무렵, 초연은 '트베르스카야 거리'와 '아르바트 거리' 사이에 있는 '레닌 도서관' 역으로 들어갔다. 초연의 기숙사는 빨간 선의 종착역인 '유고-자파드'에 있었다. 지하철을 기다리며 그녀는 승강구의 맨 끄트머리에 서 있었는데 그 주변에는 집시 한 무리가 진을 치고 있었다. 집시들은 찰거머리처럼 들러붙어 돈을 구걸하다가 그녀의 가방을 잡아당겼다. 그때 지하철이 들어왔다. 한 목격자는 체구가 작은 동양인 여성이 집시들에게 떠밀려 지하철 아래로 떨어졌다고 했다. 다른 목격자는 이 여성이 술에 취했는지 일시적인 쇠약 때문인지 몸을 가누기 힘든 듯 아래로 쓰러졌다고 전했다.

열흘이 넘도록 초연에게서 연락이 없자 니콜라이는 불안해졌다. 그가 모스크바에 도착한 건 초연이 마지막으로 전철을 탄 다음 날 새벽이었다. 기숙사 방은 텅 비어 있었다. 그토록 그리워한 초연은 허름한 시립병원 한구석의 냉장고 안에 누워 있었다.

다음 날 밤차를 타고 청우와 안나가 모스크바로 왔다. 청우가 전한 비보를 듣고 초연의 두 동생도 왔다. 당장 직항이 없어서 거의 스물네 시간이나 걸렸다. 그들은 유해만 챙기고 기숙사 방은 보려고도 하지 않았다. 니콜라이는 초연이 그리다 만 몇 점의 그림들과 두툼한 화집 몇 권을 챙겼다. 모든 일이 끝나자 니콜라이, 청우, 안나는 페테르부르크행 기차를 탔다.

"어떻게 생각하세요, 정말 사고를 당한 것이었을까요?"

니콜라이의 질문에 청우는 묵묵부답, 죄지은 사람 같은 표정만 짓고 있었다.

"아무래도 스스로를 죽인 겁니다. 정말 유치하기 짝이 없는 어린애 투정 같은 거죠."

"하지만 아팠잖습니까……"

청우가 조용히 운을 떼보았다. 니콜라이는 더 흥분했다.

"의사를 직접 만났습니다. 수술하면 살 가능성이 컸어요. 어떤 병이든 어차피 완치란 환상적인 개념 아닙니까. 초연 씨는 그러니까 그냥 살기가 싫었던 겁니다. 러시아에 올 때부터, 저를 찾아왔을 때부터 자신을 죽일 건수만 찾고 있었던 거죠. 정말이지 너무 비겁하고 무책임한 행위입니다."

니콜라이의 흥분은 좀처럼 가라앉지 않았다. 청우와 안나는 그의 슬픔과 분노에 동참하려고 애썼지만 저도 모르게 눈이 슬슬 감겼다. 니콜라이가 잠시 쿠페 밖으로 나갔을 때는 쾌재를 부를 것도 없이 곯아떨어졌다.

니콜라이는 객차들과 유리창 사이 비좁은 복도에서 담배 한 대를 피우고 화장실에 들렀다가 돌아왔다. 누구라도 붙잡고 초연 얘기를 하고 싶었다. 그녀의 눈은 아름다운 갈색이었고 음식을 씹을 때 입이 토끼처럼 움직였고 몸은 성냥처럼, 어린 자작나무의 잔가지처럼 가늘었고 하는 얘기들. 페테르부르크에 도착할 때까지 그는 서너 번에 걸쳐 복도로 나와 줄담배를 피워댔다. 눈은 아예 붙이지 못했다.

*

니콜라이에게는 삭막한 불면의 밤이 이어졌다. 하지만 얼마 지나지 않아 초연의 유품인 화집을 넘겨볼 때도 무덤덤해졌다. 단 하나, 영원히 니콜라이의 뇌리를 떠나지 않은 것이 있었다. 그것은 외국인 특유의 서툰 러시아어 한가운데로 너무도 친근하고 경쾌하게 발음되던 '콜랴'라는 애칭이었다. 그 독특한 발음이 떠오를 때면 그 정황과 분위기, 성냥개비처럼 가늘었던 초연의 몸이 되살아났다. 그럴수록 추억은 무자비하게 기억의 저편, 망각의 강 너머로 달아나버렸다. 그때마다 니콜라이는 가슴이 아려왔고 눈앞이 캄캄해졌다. 아무리 환한 등불을 들고서 그 속을 헤집어봐도 그가 찾는 것은 발견되지 않았다.

청우는 이 년쯤 뒤 안나와 함께 한국으로 돌아와 결혼식을 올렸다. 피아노를 전공한 안나는 어렵지 않게 일자리를 구할 수 있었다. 물론 피아니스트로 살 수는 없었지만, 워낙에 아이들을 좋아하고 붙임성이 좋아서 학원 선생으로는 제격이었다. 비록 러시아인이지만 백인에게 우호적인 한국의 분위기도 적응에 도움이 되었다. 청우는 여러 대학에서 강의하고 정부 기관에서 연구비를 받았다. 두 사람의 생활은 넉넉하지는 않았지만 그래도 푸근했다. 청우가 그토록 싫어했던 어머니야말로 제일 든든한 후원자가 되어주었다. 아이도 연거푸 둘이나 낳았다. 젊은 부부는 사랑이니 행복이니 죽음이니 하는 것들에 대해 생각할 여유가 없었다. 드물게나마 청우는 안나와 처음 만났을 때 자신을 사로잡았던 어처구니없는 기획이 떠올라 멋쩍게 웃곤 했다. 그 모든 것이 한여름 밤의 꿈, 고열에 들뜬 신기루였다.

에필로그
망자들의 향연

"죽어도 젊어서 죽을 일이야. 팔십이 넘어서 죽었더니 이런 잔치에 한번 나오기도 여간 힘든 게 아니구먼. 한 번 움직이는 게 아주 큰일이야."

잔치판으로 맨 처음 들어선 자는 허리가 구부정하고 허연 수염을 턱 밑까지 기른 노백작 톨스토이였다. 그는 아스타포보 역에서 마지막 숨을 내쉬던 때의 복장 그대로, 즉 농민용 허름한 겉옷을 걸치고 보따리를 등에 메고 지팡이를 짚은 상태 그대로였다.

"젊어서 죽어도 똑같다네. 생각 좀 해보게, 이 도덕군자 양반, 오죽하면 젊어서 죽었겠나? 한창때 죽을병에 걸리니 그 몰골이 얼마나 추하겠나. 죽어서도 이놈의 빌어먹을 기침이 멎을 생각을 안 하는군."

서른일곱 살의 평론가 벨린스키는 연신 콜록거렸고 각혈을 하기도 했다. 그 와중에도 발끈하는 성미는 여전하여 톨스토이에게 타박을 주었다.

"아니, 그나저나 나보다 한참 어린 양반이 어디서 반말을 하고 그러나, 그래?"

성질로 치자면 톨스토이도 만만치 않았던 터라, 바로 대거리를 했다.

"이보게, 죽은 나이로 치자면 내가 훨씬 선배야. 지금 우리 모습을 보게. 나는 팔순 어르신이고 자네는 주둥이가 샛노란 젊은이인걸."

벨린스키가 조목조목 비판을 하려는 차 문단의 원로인 고골과 푸시킨이 나란히 등장했다. 단정하게 옆 가르마를 탄 깻잎 머리에 끝이 뾰족하고 커다란 코가 달린 얼굴과 곱슬곱슬하고 윤이 반들반들 나는 원숭이 털 수염을 기른 얼굴은 영원히 한 세트인 것 같았다. 말년에 정신 줄을 놓고 시름시름 앓다가 생을 마감한 고골은 그래도 허우대가 멀쩡했지만, 푸시킨은 결투에서 입은 총상이 그대로였다. 바싹 여윈 고골은 총상을 움켜쥔 푸시킨을 부축하고 있었다.

뒤를 이은 것은 스물일곱 살의 시인 레르몬토프였다. 역시나 결투에서 사망한 그는 피를 뚝뚝 흘렸고 고통스러운 표정을 짓고 있었다. 실상 출혈은 이미 오래전에 멎었고 통증도 별로 없었지만, 토마토케첩과 적포도주를 비롯한 소품을 동원하여 연기하는 것이었다.

마지막으로 이 자리를 장식한 자는 투르게네프와 도스토옙스키였다. 투르게네프는 귀족다운 세련된 자태를 뽐내며 잔치판에 들어섰다. 그 뒤로, 키도 별로 크지 않은데다가 어깨가 필요 이상으로 떡 벌어지고 걸음걸이도 어색한 도스토옙스키가 쭈뼛쭈뼛 들어오고 있었다. 투르게네프를 보자 다들 자리에서 일어나 예의를 갖추었다. 금발이 은발이 되었음에도 한창때 습관 그대로 화려한 주름 장식과 커프스가 달린 최신 블라우스에 양복을 입고 있었다. 오늘의 모임을 위해 손톱 소제도 따로 하고 머리 모양과 얼굴 화장에도 신경을 쓴 것이 보였다. 분장 수준의 치장 덕분에 암을 앓은 흔적도 보이지 않았다.

"자네도 와서 앉지 그러나?"

좌중에 따돌림을 당하는 도스토옙스키에게 투르게네프가 아량을 베풀었다. 도스토옙스키는 여봐란듯이 음침한 구석 자리로 가서 궁둥이를 붙였다. 영락없이 꿔다 놓은 보릿자루에 이제 막 상경한 촌뜨기 시골쥐의 행색이었다.

"이반 세르게예비치는 나이를 거꾸로 먹나 봅니다. 여전히 미남이시군요."

언제 들어와서 자리를 잡았는지 노시인 네크라소프가 한마디 했다.

"나이를 거꾸로 먹는 것이 아니라 아예 안 먹고 있습니다. 죽고 나니 이 점 하나는 좋군요, 허허."

투르게네프는 유럽 사교계를 돌면서 익힌 깔끔한 말투로 이렇게 말한 다음 우아한 미소를 지었다. 그동안에도 뭐가 그리도 못마땅한지 도스토옙스키는 구석에서 인상을 잔뜩 쓰고 있었다.

"그나저나 안톤 파블로비치 양반은 안 오신답니까?"

투르게네프가 좌중을 향해 물었다.

"아니, 체호프도 아십니까?"

"알다마다요. 죽은 뒤에도 딱히 할 일이 뭐가 있겠습니까? 평생을 문학에 바쳤던 만큼 죽어서도 고인이 된 문인들의 모임에 다니거나 이 세상, 아니지, 그러니까 저세상에서 나오는 책들을 읽거나 하지요. 젊은 양반이 꽤 잘 쓰는 듯합디다."

투르게네프의 이 말에 젊은 체호프와 친분이 있었던 톨스토이가 갑자기 한마디 했다.

"꽤 잘 쓰는 정도가 아니라, 지금 투르게네프 선생을 앞질렀어요, 암."

톨스토이의 말이 끝나기가 무섭게, 줄곧 우울과 환멸의 표정을 짓고 있던 레르몬토프가 자신의 이미지와는 맞지 않게, 금전적인 부분을 지적했다.

"판매 부수도 비교할 수 없을 정도로 차이가 나죠."

레르몬토프까지 거들자 투르게네프는 얼굴색이 확 변했지

만 금세 자제력을 발휘하며 점잖게 웃었다.

"허허, 그러게, 청출어람이지 않습니까. 여기 푸시킨이며 고골이며 레르몬토프 같은 선생들이 없었더라면 체호프 같은 작가가 어찌 우리 문학의 토양에서 생겨났겠습니까?"

"아니, 그래도 염치는 있어서 자기 이름은 빼먹었구먼."

구석에서 도스토옙스키가 웅얼거렸다. 투르게네프는 이런 무례한 불평에도 그러려니 무시했다.

도스토옙스키는 혼자 열을 받아서 씩씩거리다가 체호프의 얼굴을 보기도 전에 밖으로 나왔다. 모든 것이 살아생전과 하나도 다르지 않았다. 이생이 전생의 반복이었듯 내생 역시 이 생의 반복일 뿐이라는 사실이 참을 수 없었다. 그는 못마땅한 심사에 다시 무덤으로 들어갔다. 아무도 그가 증발한 것을 알아채지 못했다.

반짝이는 뜨개질

문지혁(소설가)

1

2004년 3월, 대학에서의 마지막 해를 시작한 나는 아직 냉기가 채 다 가시지 않은 인문대학 강의실에 앉아 있었다. 오늘부터 듣게 될 수업의 제목은 '러시아 명작의 이해'였고, 곧 문을 열고 들어온 강사는 안경을 쓴 젊은 여자였다. 러시아에서 돌아온 지 얼마 되지 않았다는 그의 수업에서 나는 톨스토이와 고골과 체호프를 읽었다. 이것이 자신의 인생 첫 강의라는 그는 학생들에게 꼬박꼬박 존댓말을 썼고, 우리가 혹 시험을 망치거나 과제를 포기할까 봐 여러 가지 힌트와 피할 길을 알려주었다.

나중에 그가 이미 등단한 소설가라는 사실을 알게 되었을 때, 소심한 작가 지망생이던 나는 수업이 끝난 뒤 그에게 소설 쓰기에 관한 고충과 고민을 혼란스럽게 털어놓는 이메일을 썼다. 그는 친절한 답장에서 이렇게 말했다.

이제야 제 소설을 그렇게 묵히고 삭히고 썩히던 선생님들을 이해할 수 있을 것 같습니다.

곁들여, 그 선생님들이 저에게 보았던 '재능'이 어떤 것인지도.

동시에 그들이 제 소설에서 우려한 것이 무엇인지도……

삶을, 그러니까 있는 그대로의 삶을 좀 더 사랑하도록 노력해보세요.

그로부터 정확히 이십 년이 흐른 지금 나는 두 가지 사실이 기쁘다. 하나는 내가 결국 소설을 쓰고 있다는 것, 그리고 그 역시 계속 소설을 쓰고 있다는 것.

2

김연경의 『푸르디푸른』은 무엇보다 여러모로 그가 연구하고 번역하고 강의하는 러시아문학을 떠올리지 않을 수 없는 작품이다. 이것은 작품 앞뒤에 액자 형식으로 놓여 있는 (나중에 청우의 소설이라고 설명되는) 러시아 문학가들을 통해 분명하게 드러난다. 무덤에서 일어나 마치 좀비처럼 어딘가를 향해 걸어가는 노작가. '부활'과 '뇌전증'이라는 키워드로 암시되는 이 작가의 정체는 작품의 에필로그에서 도스토옙스키로 밝혀진다. '망자들의 향연'이라 이름 붙여진 이 마지막 장면에 등장하는 인물은 비단 도스토옙스키뿐만이 아니다. 벨린스키, 고골, 푸시킨, 레르몬토프, 투르게네프, 톨스토이…… 이제 곧 도착할 듯한 안톤 체호프까지, 여기에는 러시아문학의 빛나는 이름들이 모두 모여 있다. 작가의 말에 따르면 아마도 소설 속 주인공 이청우가 쓰고 있던 '환상소설'의 일부였을 이 부분은 실은 소설 전체에 원경처럼 드리워진 작가의 그림자이기도 하다. 이 작품을 가리켜 도스토옙스키의 『죄와 벌』을 패러디한 소설이라고 단순하게 말할 수도 있겠지만, 나는 이 소설에 그보다 더 크고 깊은 힘, 이를테면 중력의 방식으로 러시아문학이 자리하고 있다고 생각한다. 이 중력은 단순히 배경이나 분위기로만 존재하는 게 아니라 소설 속 인물들의 운명에도 커다란 영향을 끼쳐서, 이청우가 노파를 죽이려고 하는 장면이나 강초연이 지하철 아래로 떨어지는 장면을 자연스럽고도 필연적으로 느껴지게 만든다.

3

또 하나 김연경의 소설에서 드러나는 특징은 바로 '육체'라는 키워드다. 프롤로그와 에필로그를 장식하는 대작가들에서부터 주인공 이청우와 강초연, 안나와 니콜라이, 심지어 노파에 이르기까지 소설 속 인물들은 육체에서 자유롭지 않다. 이것은 단지 육신을 가지고 있다는 당연한 인간 존재의 전제 조건만을 의미하지 않는다. 그들은 육체를 감각하며, 육체의 욕망과 충동에 민감하게 반응하고, 이를 드러내는 데 거리낌이 없다. 무덤에서 일어난 도스토옙스키는 갑자기 요의를 느껴 "백 년이 한참 넘도록 방광에 고여 있던 샛노란 물을 끊임없이 쏟아"내고, 그다음에는 곧바로 허기를 느낀다. 노파에게 피아노 레슨을 받던 여자의 정체를 알아차렸을 때 청우는 "며칠 묵은 변이 설사를 통해 한꺼번에 몸 밖을 빠져나갔을 때처럼 시원"하고, 처음 청우의 집에 간 초연은 화장실을 몇 번이나 들락거리며 소변과 대변을 쏟아낸다. 도드라지는 배설욕에 비하면 청우와 안나, 초연과 니콜라이 사이에서 벌어지는 육체적 교감과 관능적인 접촉은 차라리 매우 일반적인 성욕처럼 보인다. 식욕은 또 어떤가. 산딸기, 샌드위치, 팔도도시락, 커피와 담배, 빵과 치즈, 닭고기와 마카로니, 맥주, 보르시…… 소설 속 인물들을 계속해서 먹고, 만지고, 배설한다. 이 행위들은 서로 다른 욕망과 끊임없이 교차하고 반복

되며 인물의 내면을 이룬다.

4

이 소설에서는 '시간'이라는 단어가 쉰 번 이상 반복된다. 인물들은 되풀이해서 시간을 말하고, 찾고, 감각하고, 인지한다. 기다리거나 떠올리거나 지나친다. 이 시간이 단지 흘러가는 순간만을 의미하는 것은 아니다. 시간에 공간이 결합되면 그것은 특정한 시공간(space-time)을 만들어내고, 시공간이 연속되면 곧 시공간 연속체(space-time continuum), 다시 말해 삶 그 자체가 된다. 그리고 한참 뒤에 이미 흘러가버린 시공간 연속체를 돌아보며 우리는 끝내 그것에 기억이라는 이름을 붙이고 마는 것이다.

소설의 시공간은 2001년 러시아의 페테르부르크이고, 이미 2024년 대한민국의 지금-여기와는 매우 떨어진 곳이다. 따라서 독자로서의 우리는 이 소설이 일종의 시간여행이자 기억의 재조립이라는 사실을 인지해야 한다. 접혀 있던 시간이 펼쳐지는 곳에는 언제나 새로운 발견과 깨달음이 따라오는 법. 작품 속 "물리적으로는 측정할 수 없을 듯한 어떤 시간의 터널을 지나가는 듯한 기분이었다"는 청우의 고백은 곧 작가의 고백이기도 할 것이다.

노파의 "멈추는 일 없는" 뜨개질은 이를 잘 보여주는 하나의 물리적 증거다. 뜨개질감은 도처에 있고, 노파는 언제 어디서나, 심지어 죽음을 앞두고도 뜨개질을 멈추지 않는다. 마치 시간이라는 뜨개질감을 끊임없이 이어 삶이라는 이야기를 만들어내는 우리처럼. 어쩌면 죽음조차 이 기억의 구성과 재구성을 막을 수는 없을 것이다. 뜨개질이 완성되면 노파는 이렇게 말하기 때문이다.

"자, 나는 이제 그만 이놈을 풀어야겠네."

5

올해로 우리가 '러시아 명작의 이해'에서 만난 지 정확히 이십 년이 흘렀고, 그간 그와 나는 다른 방식으로 각자의 몸과 시간을 뜨개질하며 여기까지 왔다. 뒤늦게 도착한 편지처럼 나에게 도착한 이 소설은, 성실한 연구자이자 뜨거운 작가인 그가 지나간 시간에 바치는 헌사이자 러시아문학에 보내는 경의로 읽힌다. 나 역시 이 작품의 한 구절을 계속 반복해서 읽으며, 우리의 '푸르디푸른' 어떤 순간을 기억하려 한다. 언젠가 우리가 함께 떠올리게 될, 저 먼 시간의 바다 위에서 윤슬처럼 반짝거릴 푸른빛을 기다리며.

……오늘따라 햇빛은 유난히 강렬하고 바다의 푸른빛은 한없이 투명했다. 노파의 아파트 건물 앞에 다다랐을 때도 저 해맑고 푸른, 푸르디푸른 바다 위에서 반짝이던 자잘한 햇빛 입자, 그 윤슬과 무한히 뻗은 아름다운 직선에 대해 생각하고 있었다. 훗날 이 순간을 회상할 때도 그 찬연한 푸른빛이 떠올랐다.(156쪽)

그것은 전생이다.

1999년 여름 페테르부르크, 메마른 번화가 뒷골목을 어슬
렁거리고 핀란드만의 낙조를 구경하고 바실리옙스키 섬의 기
숙사에서 키르케고르의 『두려움과 떨림』을 읽었다.

2001년 2월 모스크바로 유학을 떠나기 전, 박사 논문과 함
께 장편소설을 구상했다. 총 세 텍스트가 뫼비우스 띠처럼 얽
힌 메타픽션 형식이 될 것이었다. 그해 여름, 베르낫츠키 대
로의 기숙사에서 낮에는 『죄와 벌』 원서를 읽고 밤에는 패러
디 소설을 썼다. 독한 러시아 담배를 연거푸 피우고 달고 진
한 커피와 홍차를 번갈아 마셨다. 관능적인 상상에 온몸이 질
펀하게 젖었다. 전생의 나는 148센티미터에 38킬로그램짜리

호모 사피엔스 암컷이자, 그렇다, 지독한 골초였다. 많은 잠을 자느라 많은 것을 놓쳤지만 많은 꿈을 건졌다.

귀국한 다음 탈고한 「고양이 사냥」을 2006년 어느 문학상에 응모했다. 본심에서 떨어졌지만 소중한 심사평을 얻었다. 출간하려고 무척 애썼으나 잘되지 않았다. 이 소설 대부분은 원래 기획안의 1번 텍스트에 해당하는데, '생각' 관련 단어가 많고 화자와 인물들 모두 수시로 시간을 점검하는 것이 눈에 들어왔다. 2번 텍스트인 이청우의 '환상소설'은 「프롤로그」와 「에필로그」만 쓰인 채 연구서 『19세기 러시아문학 산책』으로 환생했다고 변명할 수 있겠다. 강초연은 '낭만적 거짓'과 '권태'의 육화인데, 그녀가 써야 했던 3번 텍스트 '성장소설'은 『우주보다 낯설고 먼』이 되었다. 그사이 소설 밖의 나는, 청소년 시절의 꿈이었던바, 『죄와 벌』을 번역했다.

2021년 5월에 다시 열어본 이십 년 전 원고를 꾸준히 매만졌다. 동네의 지하 '스터디카페'에 앉아 청년의 기록을 다듬는 중년의 나는 이렇다. 박사학위를 받은 지 딱 이십 년이 지났음에도 여전히 '비전임 교수'고 이른바 '아픈' 아이가 학교에 가 있는 대여섯 시간만 자유를 누리는 '아줌마'다. 태아의 존재를 인지한 2010년 12월 1일을 기점으로 담배는 피우지 않고 있다.

이생의 내가 '거울 속의 나'처럼 딱할 때도 있지만 그렇다고 전생의 내가 딱히 부러운 것도 아니다. '거울 속의 나'와 '거울 밖의 나'는 서로 섭섭할 이유도, 고로 자살을 권유할 이유도 없다. 전생의 나와 이생의 나, 어떤 것도 질 나쁜 모형이 아니다. 그런데 왜 자꾸 '전생'을 '전쟁'이라고 치는 걸까. 이런 오타는 뇌와 눈과 손가락의 퇴화 때문만은 아니다.

그렇다, 전생은 전쟁이었다. 옛 전장의 자욱한 담배 연기에 질식할 것만 같다. '취한 배'를 타고 지옥을 떠돌던 '한철', 청춘. 우리 말의 '푸르다'는 색깔에 앞서 맑음과 밝음을 뜻하지 않나 싶다. 서슬 퍼런 야망과 파란 욕망, 몸과 마음의 시퍼런 멍, 핀란드만의 푸릇푸릇한 관목숲과 검푸른 밤바다, 푸르스름한 우윳빛의 희붐한 페테르부르크 백야, 하얀 자작나무의 연둣빛 잎사귀들, 내 고향 거창의 쪽빛 하늘과 초록빛 논두렁, 어디를 가든 항상 내 방의 으슥한 구석에서 번식하던 회청색 곰팡이까지.

철철 남아도는 시간에 마구잡이로 썼던 1,200매가량의 원고에서 절반 이상을 덜어냈더니, 홀가분하다. 그래도 제목은 돌고 돌아, 페테르부르크-모스크바 기숙사와 관악구 원룸 시절 '독거 청년'의 뇌수에서 태어난 원래의 낱말 조합으로 간다.

—푸르디푸른

2024년 초여름
김연경

푸르디푸른

ⓒ 김연경

1판 1쇄 발행　|　2024년 7월 16일

지은이　　　|　김연경
펴낸이　　　|　정홍수
편집　　　　|　김현숙 이명주
펴낸곳　　　|　(주)도서출판 강
출판등록　　|　2000년 8월 9일(제2000-185호)

주소　　　　|　서울시 마포구 동교로17안길 21 (우 04002)
전화　　　　|　02-325-9566
팩시밀리　　|　02-325-8486
전자우편　　|　gangpub@hanmail.net

값 14,000원
ISBN 978-89-8218-346-1　　03810